GOBOOKS
& SITAK
GROUP©

GOBOOKS
& SITAK
GROUP©

三日月書版

三日月書版

探問禁止
主唱大人★祕密兼差中
123
kal
輕世代
FW249
三日月書版
尉遲小律 著
ひのた 繪
1

探問禁止
主唱大人★秘密兼差中
Ar u re y for
the ty?

Chapter 1

面對意外的不二法門：鎮定

他撞到人了——！

凌晨一點，人煙罕至的山道上，穆丞海呆望前方，雙手緊握方向盤，還不敢相信此刻發生的事。

時間回到幾分鐘前，穆丞海駕駛著性能極佳的銀白色跑車，在偏僻山區蜿蜒的道路上奔馳，車內正播放著知名主持人胡芹針對明天的「第十三屆銀翼金曲獎」的分析。

胡芹大膽預測，出道僅一年的雙人偶像團體MAX，將以新人之姿奪下「最佳團體獎」，並在入圍的十五個項目中，奪下至少十個以上的獎項。

其中更令人關注的是，團員之一的穆丞海是否能以個人發行的單曲「夜雪」，擠下蟬聯了三屆的實力派歌手蔣炎勛，成為今年的「最佳男演唱人」呢？

自從知道自己的實力足以與蔣炎勛角逐男演唱人起，穆丞海就一直處於醺醺然的狀態。

嘴角勾勒起迷人微笑，穆丞海帶著喜悅心情，陶醉於廣播所播放的「夜雪」中。

豈料前奏還沒結束，馬路中央突然殺出一個騎腳踏車的小男孩，等穆丞海發現進而做出反應時，為時已晚。

嘰——

尖銳的煞車聲劃破寧靜的夜晚，銀白色跑車被迫驟停在山道上。

有撞到嗎？穆丞海緊握著方向盤的手微微發抖。

應該沒撞到吧……剛才好像有聽到撞車的聲音……而且，前方地上也沒看到小孩和腳踏車啊！難道……是在車子底下?!

一陣涼意忽地襲上穆丞海的背，連帶頭皮跟著發麻起來。

完蛋了！完蛋了！穆丞海在心裡哀嚎。

他已經能夠想像到那個等著他的悲慘未來……

大批媒體圍繞著他逼問肇事後的心情……他在死者靈堂前下跪懺悔，還被要求付一大筆賠償金，往後的日子不只失業，更要在賠錢中度過……甚至會有謠言指出他酒駕，在各大談話節目被 Call in 進去的民眾罵翻天……

天啊，該死的！他發誓，他絕對沒有喝酒！

此時，穆丞海聽見廣播中傳來自己的歌聲。

失去妳的夜，飄著雪，我獨自面對漆黑，取代妳體溫的是冰冷的凜冽……

對，冰冷的凜冽！當初在錄音室錄製時，他還無法理解那種凍到骨子裡的冷是怎麼回事，一直唱不出歌曲想呈現的悲情與絕望，氣得他的製作人兼拍檔，也是MAX另一名成員的歐陽子奇差點沒把他關到冷凍庫裡去好好體會。

不過，現在他能體會了……

在心裡反覆吶喊了好幾遍，體認到再這樣呆坐下去也不是辦法，又做了好幾次深呼吸，穆丞海終於鼓起勇氣下了車。

老天爺並沒有眷顧他，一輛扭曲變形的腳踏車，有半截車身正塞在他的車盤底下，宣告他撞到人的事實，這下穆丞海不只全身發冷，還感覺到全世界似乎都棄他而去了。

顫抖著身體，穆丞海彎下腰，想看看那個小男孩是不是被捲進車底。以前看過的鬼片橋段像走馬燈一樣在他腦海裡閃過，似乎預告著他即將在車底看到挑戰心臟強度的東西。

結果，恐怖畫面還沒看到，穆丞海就先被身後一句突如其來的「喂」給嚇到，差點跌坐在地。

「你撞到我了。」稚嫩的聲音，既冷靜又殘酷，穆丞海轉過身想確認對方是誰，對方又繼續說，「我認得你，你是MAX的穆丞海，如果我把你開車撞人的事情說出去，你的演藝生涯就毀了！」

一語刺中穆丞海的痛處，讓他心虛之餘忍不住發起脾氣，指著那個身高還不到他腰際的小男孩大叫，「小鬼，你別太過分囉！是你突然出現在車道上，我才會來不及煞車，怎麼能怪我撞到你？」

「是嗎？」沒有被穆丞海的惡形惡狀嚇哭，小男孩晶圓的雙眼無所懼地回瞪著，氣勢甚至更盛於穆丞海，指控道，「是我突然出現的錯嗎？你敢說你有注意觀看四周？」

想到撞車前自己確實正在聽胡芹的分析，穆丞海一時語塞，支吾半天卻無法回嘴。

「無法反駁吧！你這個人，向來就只在意自己的事，你當然看不到別人的存在！」小男孩越說越氣，到後面幾乎是吼著說完，眼神中明顯透著怨恨，讓穆丞海一頭霧水。

「喂喂喂！等等——」穆丞海皺著眉，試圖釐清狀況，「我承認我有點自戀，偶爾太過以自己為中心，疏忽注意旁人到底怎麼了，但是……」

怎麼感覺怪怪的……

對啊！就算他活在自己的世界裡，這跟那小男孩有什麼關係？幹嘛跟他解釋起這麼多啊！

「咳咳，總之，如果你的腳踏車壞了，我就賠一臺給你。你有沒有受傷？要不要我送你去醫院？」

「不用了！」小男孩哼了聲，毫不猶豫地回絕，並且將腳踏車從跑車底下拖了出來，「我討厭醫院，我也討厭你！」說完，就牽著腳踏車往路旁坡道上的房子走去。

「嘖，這麼沒禮貌的小鬼到底是哪家的孩子啊？家長都不管的嗎？半夜還讓小孩騎車出來晃……」看著小男孩離去的背影，穆丞海細聲咕噥。

也不知道小男孩是不是聽見了，他突然停下腳步，轉過頭來看著穆丞海，似笑非笑地朝他大喊：「你會為你所做的事付出代價！」撂完話，小男孩又繼續往前走，最後消失在小路的盡頭。

有那麼一瞬間，穆丞海覺得小男孩的話像是詛咒一樣，不斷在他的耳邊迴盪，越來越大聲，甚至讓他的耳膜有點刺痛。他甩甩頭，坐回車上，發洩似地甩上車門，忍不住低咒一聲。

他還是搞不懂，怎麼會撞到呢？難道真的是他聽廣播聽得太入神？否則，在這樣筆直、兩旁路燈明亮的路段，他怎麼會沒看到那個騎腳踏車的小男孩？

他真的覺得小男孩像是憑空出現在路中央。

車內的廣播，依舊放送著胡芹對MAX的介紹。說到最後，胡芹還忍不住讚嘆道：「MAX自出道以來，真的是沒有任何負面新聞呢！」

這是當然的，穆丞海心想。他的搭檔歐陽子奇可是有著完美主義的魔鬼，無時無刻都在監督彼此的形象，不想因為任何負面消息，模糊了大家對他們音樂表現的注意。

「連狗仔最樂於挖掘的緋聞，在MAX身上也從未出現過呢！

「雖然MAX的歐陽子奇在出道時就宣布與青梅竹馬的名模夏芙蓉有婚約，讓許多歌迷心碎遺憾，卻仍無損他們的超人氣，出道一年來的專輯跟單曲，一推出就必定空降各大排行榜冠軍。」胡芹的語氣除了欣賞，也帶點惋惜。

這也沒什麼好奇怪的，如果看過歐陽子奇對歌曲的錄製有多麼吹毛求疵、力求完美，就不會意外為何他們的專輯曲曲動聽、扣人心弦了！

想到歐陽子奇的臉，穆丞海突然渾身顫抖了一下。

如果撞到人的消息傳了出去，鐵定會成為明天的頭條新聞，他絕對會被歐陽子奇掐死！

「你的黑眼圈怎麼這麼重？」

穆丞海踏進休息室，剛摘下墨鏡，就惹來MAX的專屬化妝師米娜一聲淒厲尖叫。

聲音驚動一旁正在翻閱雜誌的歐陽子奇，他抬頭看向穆丞海，隨即起身走來，不客氣地伸手捏住他的下巴，讓穆丞海不得不揚起臉，兩顆黑輪掛在臉上，藏都藏不住。

「昨晚你從拍攝廣告外景的地方回來不是才兩點多?也夠時間補眠了吧。」

看見歐陽子奇微皺的眉頭，穆丞海更加無法將原因說出口。

為了昨晚那小鬼的事，他擔心得整晚無法入睡，天還沒亮就起來翻閱各家報紙、網路新聞，又看了電視播報，根本沒時間休息。

「我……唉唷!」一把拍掉歐陽子奇的手，穆丞海故做輕鬆，「我緊張嘛!待會就要頒獎了，我擔心得到的獎項沒有大家預期得多，會很丟臉!」

「緊張?」歐陽子奇冷笑一聲，擺明不信他的說詞。

穆丞海本來就不期望他這個精明過頭的搭檔會相信自己的說詞，不過好在歐陽子奇也沒有繼續追問下去的意思，只是交代米娜替他遮掉黑眼圈，就坐回去繼續看雜誌。

時間就在米娜雙手不停忙碌間度過。

穆丞海不知道她是如何辦到的，在助理小南前來敲門，通知他們該動身前往星光大道時，他看見鏡中的自己恢復了一貫的帥氣。

「你今天的注意力很不集中，發生什麼事了？」褓母車內，歐陽子奇一邊調整領帶一邊問著，口氣很平淡，卻害正在喝水的穆丞海嗆個正著，一陣激烈猛咳。

助理小南趕緊接過水瓶，拍著穆丞海的背，幫他順順氣。

「咳咳……沒、沒什麼事……咳咳……我哪有注意力不集中……咳咳，你想太多了……」好不容易咳完，穆丞海聳聳肩，欲蓋彌彰地笑了下。

「剛剛化妝的時候你整個過程都在放空，連米娜跟你閒聊，你都沒有任何反應。」領帶調整好，歐陽子奇開始檢查胸針跟連結的銀鍊是否有別緊。

「呃……是嗎？……可能是我在思等一下星光大道上，主持人會問我什麼問題，想得太過專注，才沒聽到有人跟我說話吧……」穆丞海支吾地說。

「主持人要問的問題，前幾天我們不是才核對過，還需要思考什麼？」歐陽子奇挑眉，目光犀利地看向迴避著他、裝忙起來的穆丞海。

「我是說記者啦！你也知道，那些記者總愛問些讓人意想不到的問題，好趁機挖出八卦，我是在沙盤推演要怎麼應付那些記者……」

其實，他剛剛腦袋裡都在想昨晚那個小鬼的事情。

他越想越不對勁，從那小鬼朝他撂下狠話的模樣來看，怎麼可能就這樣牽著車子乖乖走人？

雖然他仔細檢查過，發生車禍的路段正好沒有監視器，路面上以及他的車子外殼也都沒有撞擊掉漆的痕跡，小鬼也沒受半點傷，他根本無須擔心的，但不知為何，他就是放心不下。

簡直就像暴風雨前的寧靜吶啊！

「穆丞海！」歐陽子奇簡短低斥，充滿警告意味。

「啊……什麼？」神遊的思緒被嚇得回魂，穆丞海循聲望向歐陽子奇，後者看似慵懶地將手肘倚在車門開關上，修長手指曲起撐在太陽穴旁，微微側身望著他，另一手則規律地輕敲著交疊的膝蓋。

這個姿勢穆丞海絕對不陌生，他暗叫不妙。

完蛋啦！歐陽老大生氣了！

「等一下你要是敢繼續用這呆蠢的表情面對歌迷和媒體，我會讓你那張臉豬頭得更徹底一點。」

「別、別這樣嘛！」穆丞海連忙陪笑，「你瞧，我這不是回神了嗎?明天還有廣告要拍，要是臉蛋毀了，會違約的!賠錢事小，但是人家會說我們 MAX 不敬業，你也不希望這樣的事發生吧！」

「原來你還是有身為藝人的自覺嘛！」

交疊的修長雙腿上下換了個位置，歐陽子奇厲色道：「或許過去一年來獲得的掌聲與成就已經讓你覺得滿意，不過演藝圈是現實的，我們現在腳下所踏的高臺在沒有獲得獎項肯定前，隨時都都可能崩塌。

「但是，經過今晚，MAX 將會真正被定位成外貌與實力兼具的團體，明天所有媒體版面將會充斥著我們的新聞，讚揚我們的一切，而我不希望，這其中會有任何一張破壞美感的照片，來自於你的恍神，聽懂了嗎?」

「嗯，我明白。」穆丞海點頭如搗蒜。

「很好。」歐陽子奇揚起一抹淡淡微笑，柔和了略顯冰冷的臉部表情，「告訴我，今天頒『最佳男演唱人』獎時，要是宣布得獎主是你，你要怎麼反應?」

「我會表現出不敢相信的樣子，上臺前給蔣炎勛一個擁抱，在感言中謝謝評審的肯定，把榮耀歸給工作人員與歌迷。」

「很好，那如果宣布得獎主是蔣炎勛呢？」歐陽子奇繼續出著題考。

「我會揍他一拳！」穆丞海話才講完，歐陽子奇立刻賞了他額頭一記栗暴，痛得穆丞海眼眶泛淚。

「吼，你真的很沒幽默感耶！」痛死了！穆丞海按著額頭，又不敢大力揉，怕妝花掉。

歐陽子奇輕笑出聲，「我只是想把握每一個可以欺負你的可能。」

車子已經快抵達星光大道，歐陽子奇轉頭看向窗外，於此同時，他淡淡地說：「不過幸好，今天應該是沒有讓你出手揍蔣炎勛的機會了。」

「剛才是開玩笑的，我不會真的揍他……咦？」反應過來歐陽子奇的意思，穆丞海眼睛亮了起來，興奮問道，「真的嗎？」

子奇會這麼說，表示他覺得自己很有希望得獎囉？呵呵，這也算是子奇肯定他的表現吧。

穆丞海樂不可支地笑著，一掃先前擔心小鬼的事情曝光而產生的陰霾，注意力回到頒獎典禮上。

歐陽子奇輕輕點頭，再度叮嚀：「別忘了面對群眾時該注意什麼。」

「我知道、我知道──」穆丞海伸手順了順飄逸的短髮，戴上淡色墨鏡，精力滿檔，「眼睛要有神，動作要瀟灑，笑容要燦爛，牙齒只能露七顆半。」

他開始期待起蔣炎勛的表情了，哈哈哈！

待車一停妥，典禮人員立即上前，緩緩打開車門，四周馬上掀起陣陣快門聲，尖叫不絕於耳。

穆丞海率先走下車，在原地站定，等眼睛稍稍適應刺目的閃光燈後才摘下淡色墨鏡，他抬起右手，帥氣地朝群眾擺了幾下，馬上又惹來一陣尖叫。

看著穆丞海頎長的背影，歐陽子奇露出微笑。

狀況很好，不錯！至於他到底隱瞞了什麼事，等頒獎完後再來好好問他。

「MAX！丞海～子奇～」

若將此時稱為星光大道今晚的最高潮，實在一點也不為過。原本在紅毯兩旁的人群早已肩貼肩擠得毫無空隙，卻又在MAX出現時往前推進了幾步，讓站在最前頭當人牆維持秩序的工作人員差點摔到星光大道上。

「丞海！丞海！我愛你~看這邊！」歌迷們熱情地放聲大叫，手上激動晃著精心製作的姓名看板與海報，希望能夠引起偶像注意。

穆丞海沒有讓她們失望，配合地轉過頭，修長手指輕點薄唇，再向歌迷們送出一個飛吻，頓時又惹來震耳欲聾的尖叫聲。

另一頭，支持歐陽子奇的歌迷，相較之下行為就顯得含蓄許多，大部分只是緊握著海報，默默盯著他看，但眼神中透露出的執著與熱情，絕對有過之而無不及。

歐陽子奇稍微側頭看向她們，嘴角揚起弧度，雙手甚至還插在口袋裡，一派閒適模樣。僅是一個不經意的淺淺微笑，引起四周一陣明顯的抽氣聲，支持者紛紛按下快門，就為了捕捉那一幕迷人的畫面。

雖然在歐陽子奇的刻意安排之下，媒體報導穆丞海的名氣與受歡迎程度炒作得比歐陽子奇大得多，但穆丞海知道，子奇才是真正的明星，他舉手投足間散發著致命魅力，不像自己，只是按照經紀公司的訓練，朝歌迷做出一些突顯帥氣的動作而已。

制式化回答完星光大道的訪問後，再擺幾個姿勢讓媒體拍照，終於來到他們被安排的位置坐下後，穆丞海長吐了口氣，讓臉部表情放鬆下來。

「別太早鬆懈，這裡隨時會有攝影機在拍。」歐陽子奇低聲警告。

「我知道，但沒辦法，我臉很僵，快抽筋了。」穆丞海說完，果不其然收到一道搭檔射來的凌厲視線，無聲數落著他的沒用。

散發殺氣的同時，歐陽子奇絲毫不減臉上的笑意，散發出獨特且誠懇的魅力。老天！穆丞海不禁佩服，子奇怎麼可以一邊笑又一邊用眼神殺他？這個絕招回去後可要好好向他討教一番。

整個頒獎典禮進行下來，MAX從觀眾席到舞臺上來來回回走了好幾趟，一些有把握、沒把握的獎，他們也領得差不多了。

看著手裡握著的「最佳團體」獎座，說實話，就算沒得到「最佳男演唱人」，穆丞海也心滿意足了——前提是他沒有看到蔣炎勛的表情的話。

他知道對方的笑容是在挑釁他，一副MAX得獎全是好運、「最佳男演唱人」一定會是他抱走的自信嘴臉，心裡忍不住升起一把火。

哼哼，走著瞧吧！骨子裡，他不服輸的個性可是和子奇不分上下。

「各位嘉賓及電視機前的觀眾，讓大家久等了！現在，我們就要頒發今晚典禮的最後一個獎項——『最佳男演唱人』獎，我們先來看看入圍的名單。」臺上頒獎人劈里啪啦地介紹著，鏡頭也不斷在穆丞海及蔣炎勛之間切換。

最後，頒獎人拆開信封，興奮地透過麥克風大喊：「得獎的是——」刻意帶動氣氛的停頓，果然讓場內的歌迷們尖叫聲連連，紛紛喊著偶像的名字。

「穆、丞、海！」

聽到結果後，足足頓了三秒，穆丞海才反應過來，他舉起雙臂歡呼，又叫又跳。

該死！這小子的臉快笑到變形了！

歐陽子奇連忙主動上前給他一個擁抱，並附在他的耳邊小聲說：「所有攝影機都在對著你大特寫，你這個笨蛋，給我冷靜一點。」

「呃……對喔。」所謂得意忘形，要不是歐陽子奇提醒，他真的差點就要拉起子奇的手轉圈圈了。

見他恢復正常，歐陽子奇才退開，伸出手與他一握，說了聲「恭喜」。

短短兩個字，卻差點逼出穆丞海的眼淚。搭檔這句最直接的肯定，比起所有讚美更讓他開心。

歐陽子奇當然明白穆丞海的感受，但是這小子要握著他的手感動多久？用眼神示意著——背後還有一個蔣炎勛在等著向他祝賀呢。

「啊……」眨眨眼，讓眼眶裡的濕潤將雙眸洗得更明亮，穆丞海轉身，與正微笑看著他的蔣炎勛面對面。

薑不愧是老的辣，要不是近距離看到對方太陽穴隱隱冒著青筋，他真的會以為蔣炎勛是衷心地祝福他。

不吝嗇地敞開雙臂擁抱蔣炎勛，上演競爭對手互相擁抱的大和解畫面，穆丞海用兩個人才聽得見的音量說：「今天我可以得到這個獎，都要感謝前輩啊！多虧您當初在錄音室前的『指教』，才能激發出我的潛能。」

放開蔣炎勛，滿意地看見對方臉上一陣青一陣白，穆丞海才轉身，瀟灑地上臺領獎。

回想當時，MAX 還未出道——

穆丞海興高采烈地抱著歐陽子奇寫的歌準備錄音，在走廊上巧遇當時被他視為歌神崇拜的蔣炎勛，興奮地向對方一個九十度鞠躬。

沒想到，他的禮貌卻換來蔣炎勛一陣冷嘲熱諷，「這是誰？」

「蔣哥，這是公司的新人，正在籌備專輯。」

「哦？這年頭憑著外表長得好看，就想當歌手的人還真不少。」

聞言，穆丞海愣了一下，氣憤感猛然湧上，他跟子奇才不是靠長相卻毫無實力的偶像團體！

依照他以往衝動的性格，早就衝上前去拎住對方的領子了，但想到子奇再三告誡過他演藝圈重視倫理，還是忍下來了，沒有當場發作。

「你叫什麼名字？」蔣炎勛問，但不等穆丞海回答，便輕蔑地揮揮手，「算了，你說了我也記不起來，演藝圈嘛！來來去去的人這麼多，又有誰會花心思去記得一片歌手的名字呢？」說完，頭也不回地跟著他的助理揚長而去。

從那天起，穆丞海就將蔣炎勛從「崇拜的對象」變為「非擊敗不可的對手」！

典禮結束後的記者會，眾多媒體圍繞著今年最大贏家MAX，從「最佳作詞」、「最佳編曲」到「最佳團體」、「最佳男演唱人」等，共十三個獎項。其中，穆丞海能擠下蟬聯三屆的蔣炎勛，更是焦點中的焦點。

MAX所屬的經紀公司「寰圖娛樂」的董事長特助蕭真，穿過人群靠到穆丞海身旁，小聲說道：「海哥，拜託你，等等不管發生什麼事，你這張俊臉可千萬別垮下來，給媒體見縫插針的機會啊……」口氣相當緊張。

穆丞海不明就裡，看看蕭真，又看向一旁MAX的經紀人楊祺詳，後者則是面帶歉意地回望著他。

這兩個人在搞什麼鬼？

穆丞海還沒弄清楚怎麼回事，圍繞著他們的記者媒體中突然發出一陣驚呼，攝影機紛紛轉動鏡頭照向引起騷動的來源。

只見自家公司的何董事長晃著肥碩的身體朝 MAX 走來，旁邊還跟著不少人。仔細一看，挽著何董手臂的那名曼妙女子，不就是目前紅透全球的中西混血電影女星茱麗亞・艾妮絲頓嗎？

穆丞海不動聲色地暗抽口氣。

茱麗亞・艾妮絲頓可是讓所有男性垂涎、女性嫉妒羨慕的性感女神啊！她拍的電影部部賣座，簡直就是票房保證。

不過，這樣一名電影紅星為何會出現在歌唱大賞的記者會上？

何董帶著茱麗亞走到 MAX 身邊，接過麥克風，先客套地說些恭賀他們得獎的話，然後才解釋這位當紅女明星出現在此的原因。

「MAX 現在已經達成演藝規劃第一階段的目標，未來也會持續努力，推出更動聽的專輯。

「接下來，我很榮幸地在這裡宣布，由國際知名導演史蒂芬・墨本籌備，茱麗亞・艾妮絲頓小姐擔綱女主角的電影『豔陽』，將由 MAX 的穆丞海出演男主角！」

轟隆！一顆超級震撼彈炸得穆丞海腦中一片空白，笑容僵在臉上。

要他演電影？搞錯了吧！

穆丞海不知所措地看向歐陽子奇，用眼神向他求援，卻見歐陽子奇嘴角噙著笑意，儼然一副看好戲的模樣。

「史蒂芬導演的作品水準很高，對參與拍攝的演員實力十分要求，請問這次為何會採用毫無電影演出經驗的穆丞海呢？」

A臺記者舉手發問，問題一針見血。

問題一出，只見甜美性感的茱麗亞・艾妮絲頓一把搶過麥克風，開心地替大家解惑，「其實，這次電影會邀請穆丞海演出男主角，是我推薦的。」

果不其然，全場又是一陣騷動。

「茱麗亞小姐為何會推薦穆丞海呢？」B臺記者接著追問，不能放過任何有八卦氣味的消息。

「穆丞海雖然沒有電影演出經驗，但是導演跟我都一致認為他的外型、氣質非常符合電影中男主角的形象。我們也相信這次的跨國合作，會將《豔陽》推向更完美的境界。」

茱麗亞・艾妮絲頓說完，還俏皮地朝穆丞海眨眨眼。

「請問穆丞海也很期待這次的演出嗎?第一次拍電影就跟國際巨星合作，有什麼感想?」

問題一出，焦點瞬間對向穆丞海，現場一陣沉默，所有人都在期盼他的回應。

「我……」本來想開口否認他有參與這件事，然而在看見何董、蕭真以及經紀人同時投來的哀求眼神後，他只好話鋒一轉，硬是堆起笑容回答。

「我非常期待。」

Chapter 2

有些人絕對不能惹，不管他是大人還是小孩

「小楊哥，這到底是怎麼回事？」一聲漫天怒吼從辦公室裡傳出，嚇得寰圖娛樂的員工紛紛遠離這個山雨欲來的是非之地。

「你先別激動，喝口水，冷靜一下。」楊祺詳擦著汗說。

「瞞著我接下這什麼鬼電影演出，最好我冷靜得下來！」這種大事好歹也先通知他一下，要在記者會上才第一次聽到還不崩潰，心臟需要多大顆啊！

記者會結束，何董馬上假借招待名義溜得不見人影，獨留楊祺詳面對暴怒中的穆丞海。別看穆丞海平常和員工們相處得不錯，就以為他是沒脾氣的好好先生，這傢伙生起氣來可是十分嚇人的。

「海，我們也很為難……你知道的，茱麗亞・艾妮絲頓是全球第一大電影公司總裁的寶貝女兒，大小姐親自提出邀請，我們實在不敢回絕。」就是明白如果先告訴穆丞海，他鐵定不會答應，何董才會毅然決然先斬後奏。

「所以就直接把我賣掉？何董不是向來自詡做事很有原則的嗎？」

原則是原則，但對方開出的酬勞如此誘人，再加上堅強的演出陣容與製作團隊，再有原則也變得沒有原則了！楊祺詳露出尷尬笑容。

「你換個角度想，第一次演戲就能跟史蒂芬·墨本還有茱麗亞·艾妮絲頓合作，這是個多棒的機會，一堆人想要還求不來！何董幫你簽下這份合約，也是想為你創造演藝事業的另一個顛峰啊。」楊祺詳苦口婆心地勸著。

穆丞海當然知道這是千載難逢的好機會，問題是，他不會演戲啊！

「小楊哥，你跟何董都被利益沖昏頭了嗎？上次拍攝MV的慘痛經驗你們都忘光了嗎？還拍電影咧！」

何董曾經砸大錢想幫MAX製作一支有劇情的MV，但是穆丞海硬把兩天可以拍完的進度拖到超過一個月還無法殺青，讓MV導演差點沒跳樓。

礙於發行日期，不得已，只好把穆丞海的戲分拿掉，全靠歐陽子奇一個人撐場面，才勉強沒讓MV開天窗。

這個慘痛經驗何董沒忘，楊祺詳也沒忘。

當初洽談合約時，他們也明白地告訴過對方，穆丞海的演技很爛，但對方依舊信心滿滿地保證這不會是問題，他們只好猜想應該是導演在引導演員上有一套獨特方法吧，也就沒有再推辭。

「演戲，簡單啦，照著劇本上寫的演就好啦！別想那麼多，這是劇本，回去把臺詞背一背，其他交給導演去煩惱就好。」討好地揉揉穆丞海的雙肩，楊祺詳繼續哄著，「何董保證過，就拍這一部。忍一忍，拍完就沒事了！以後絕對不會再勉強你接戲。」

「最好是有你講得這麼容易，唱歌我還行，一扯到演戲就渾身不自在啊！」白了楊祺詳一眼，穆丞海才勉為其難地把劇本收下。

反正都宣布了，他還能怎麼樣？或許，等大家看過這部電影後，自然就不會有人發瘋再找他演出了。

裝潢簡樸卻極有個性的客廳中，一對男女正依偎在沙發上，女子手握遙控器，男子則陪她看著那些各臺差異不大的新聞播報，從頭到尾慵懶帶笑的神情沒改變過。

「子奇，你會不會覺得很不甘心啊？MAX努力一整年的成果，全被海要演電影的新聞蓋過去了。」夏芙蓉轉頭看向躲在餐桌旁，埋頭猛背劇本的穆丞海，刻意放大音量，「演電影耶，穆丞海竟然要演電影了！」

說完，夏大美女毫不客氣地放聲大笑。搞得原本就驚慌無措的穆丞海更加緊繃，下意識伸手握住掛在脖子上的項鍊墜飾。

這是在他嬰兒時期，被丟棄在育幼院門口時，身上除了衣服之外唯一可以當做辨識身分的物品。每當情緒低落或緊張時，只要握住項鍊，就會覺得安心一些，久而久之也就成為他的習慣動作。

待慌亂感稍微淡去，穆丞海抬頭瞪向沙發，他並不期待夏芙蓉會因為他的白眼就變得收斂，純粹只是發洩罷了。

所謂近朱者赤，近墨者黑，夏芙蓉的個性早就被她的青梅竹馬兼未婚夫歐陽子奇薰染成一個樣子，伶牙俐齒、尖酸刻薄、以欺負他為樂等等該有的缺點通通不漏。

歐陽子奇與夏芙蓉的家世顯赫，都是跨國家族企業的第二代，因此兩人是青梅竹馬的這段過去，在MAX出道時就被廣為報導。但鮮少人注意到，其實穆丞海和歐陽子奇自國小三年級開始，就一路同班到高中。

穆丞海的演技到底如何，他們心裡都再清楚不過。

夏芙蓉記得第一次和穆丞海見面時，就是受邀去看他們班的話劇演出。當時穆丞海飾演一名拯救公主的白馬王子，歐陽子奇飾演抓走公主的惡魔。

撇開穆丞海因為緊張，在後臺頻頻踢倒東西不說，一上臺還將原本應該正義凜然的臺詞念得凶神惡煞，嚇得飾演公主的女生竟然直奔歐陽子奇懷抱，最後以公主和惡魔永遠過著幸福快樂的日子為結尾。

「小蓉，別看海以前呆呆笨笨的只會窮緊張，進演藝圈後他的膽識比之前大多了，這次演出電影，應該不會有什麼問題。」

不疾不徐的一番話自歐陽子奇口中說出，看似是站在穆丞海這邊幫他說話，但穆丞海怎麼覺得話裡帶著一股濃濃的揶揄？

「這樣啊，我好期待呢！又是史蒂芬導演，又是性感美艷的茱麗亞演女主角，再加上『演技精湛』的海，這部電影肯定非常好看。」夏芙蓉又忍不住笑了。

「吼，我在背劇本，需要安靜的空間，你們好吵喔！」遷怒地瞪向沙發上的兩人，穆丞海真想把劇本直接吃下肚算了。

進演藝圈後雖然膽子被磨練過，壯大不少，但提到演戲，他還是擺脫不了緊張的障礙。

穆丞海自認不是當明星的料，或許身高比一般人高一些，臉蛋還算好看，有一點混血兒的味道，但演藝圈裡帥哥美女如雲，他的外在條件根本不算什麼。論內在，更是糟糕到沒有可以搬上檯面的地方，在歐陽子奇邀他組團前，他不但不會彈奏任何樂器，連五線譜也認不太得。今天會有這樣的成就和名氣，都是靠歐陽子奇一點一滴、不厭其煩地教他。

他也疑惑過，以歐陽子奇出眾的家世、外貌及實力，一個人闖蕩演藝圈絕對不會有問題，為什麼要找他組團？

歐陽子奇的回答也很率性，他只想專心做音樂，不希望那些只看外貌的支持者消耗掉他做音樂的精神，所以找穆丞海當擋箭牌，負責吸引那些瘋狂粉絲的目光。

因此，穆丞海以為自己的工作只要耍耍帥、擺擺酷，就不疑有他地答應了歐陽子奇。

誰知進入演藝圈後，才是苦難的開始。

歐陽子奇要求完美、一旦決定就勢必要成功的個性，迫使穆丞海不知不覺從一個音樂門外漢變成實力深厚的歌手，過程相當辛苦，卻也真的讓他坐擁名利。

別看他常和子奇互虧互嗆，他的內心其實非常感謝對方。

因此，當他知道歐陽子奇是費盡唇舌才說服父母放棄讓他繼承家業的念頭，他更覺得自己有責任做好本分，不希望變成拖垮他的罪人。

「海，你知道茱麗亞・艾妮絲頓為什麼要推薦你演男主角嗎？」夏芙蓉好奇地問。

「誰知道？」穆丞海聳肩，忍不住想翻白眼，「小楊哥也只說人家好像是看到MAX的MV，突然很感興趣。」

看到MV感興趣？真是見鬼了！穆丞海在MV裡充其量不過是跳跳舞、擺擺動作，哪裡能讓茱麗亞看上眼？

電視畫面停在某一臺的新聞報導，夏芙蓉突然像發現新大陸一般，興奮地搖著歐陽子奇，「子奇，你會不會覺得茱麗亞看海的眼神，好像有點怪怪的，有點……

太熱情了吧？」

歐陽子奇笑而不答。

那天他就在現場，怎麼會不知道茱麗亞・艾妮絲頓看著穆丞海的眼神代表什麼意思？人家大美女可是衝著穆丞海的面子來的，頻頻遞送秋波，偏偏穆丞海這根大木頭完全沒發現。

反正接下來自己要籌備新專輯，這段時間穆丞海沒什麼事可做，就讓他去見識見識國際級的電影拍攝，也是不錯的磨練。

「時間不早了，我送妳回去吧。」瞥眼看了看牆上的時鐘，歐陽子奇道。

他從桌上拿起車鑰匙，站起身，朝夏芙蓉伸出手，後者不情願地將手搭上，讓歐陽子奇拉著她離開沙發。

「子奇，我有一件衣服想買，你載我去好不好？」不想這麼早回家，夏芙蓉撒嬌著說。

舉起手揉了揉她飄逸的長髮，歐陽子奇寵溺地哄著：「我還有點事要處理，明天再帶妳去吧。」

「好吧。」順從地拎起包包走到門邊，才一開門，夏芙蓉就眼尖地發現一道人影閃身躲到安全門後面。

喔喔，有免費的宣傳送上門，不好好把握就太對不起自己了！

夏芙蓉隨即轉身，纖細白皙的手臂環上歐陽子奇的頸項，火辣辣地印上一吻。默契十足的歐陽子奇馬上伸手在夏芙蓉的細腰上輕輕一摟，接著幾聲細微的「喀嚓」從安全門後傳來，歐陽子奇見那鬼祟的人影迅速下樓後，才放開夏芙蓉。

「大功告成，送我回家吧。」夏芙蓉心情大好地走向電梯。

和歐陽子奇一樣，當初她要踏入演藝圈時，她那過度保護的老爹擔心她會被帶壞，也是極度反對，夏芙蓉只好和歐陽子奇定下婚約，好安老爹的心。

說實在，她和子奇兩人都十分明白，彼此感情雖好，卻少了愛情的悸動。但如果到最後都沒有更喜歡的對象，就這樣真的結婚了也無所謂。

所以，既然在長輩面前是甜蜜的情侶，不偶爾讓人拍幾張親暱照也說不過去，不只可以搏版面，還能讓兩家長輩看了開心，何樂而不為？

將夏芙蓉送回家後，歐陽子奇迅速返回他與穆丞海合住的大廈，只見穆丞海沒有移動，依舊待在原地背劇本。

歐陽子奇輕輕扯動好看的薄唇，這小子是把劇本當課文在背嗎？如果待會兒他真的拿出紙筆開始默寫，也不意外了。

聽到聲響，穆丞海抬起頭，心裡疑惑，子奇回來得太快了吧！通常送小蓉回去，不是都會被小蓉那個對他賞識有加的老爸纏著聊天嗎？怎麼今天……

等等，子奇為什麼一直盯著他的劇本看？呃……不會是要……

猜到好友的意圖，穆丞海才剛想要起身溜回房間休息，就被歐陽子奇快一步壓回椅子上，自己則是隔著餐桌在對面坐下。

「好啦，你可以說了。」輕敲著桌面，歐陽子奇好整以暇地等著對方回答。

「說什麼？唔，你是問劇本內容啊，很有趣呀……」穆丞海想打哈哈帶過，可惜歐陽子奇不買帳。

「你是要乾脆一點自首，還是要我動手？」歐陽子奇挑起好看的眉毛，一手撐著下巴，大有跟穆丞海耗上的準備。

默默蓋上劇本，穆丞海猶豫著，眼神飄忽不定。

原本他是沒有那個膽量瞞著歐陽子奇的，但一想到這次闖下的大禍，他實在無法判斷，到底是面對知道實情的歐陽子奇，還是面對逼供的歐陽子奇，比較有機會活下來……

「呃……好啦，我說。」

含糊帶過實在不是他的專長，在心中掙扎了幾秒，穆丞海便雙手一攤，把在山道上撞到小鬼的過程一五一十地告訴歐陽子奇。

靜靜聽完，歐陽子奇眉頭輕皺，不發一語，搞得穆丞海一顆心七上八下。

現在是怎麼樣？看是要直接宣判死刑還是緩刑都好，就是別不說話啊！

要是子奇直接劈里啪啦地罵他，他的心裡可能還舒坦一些。但是此刻歐陽子奇那不說話的表情，讓他覺得比見到閻羅王還可怕。

被靜默壓得喘不過氣，穆丞海忍不住小聲地問：「你覺得……怎麼樣？」

「不可否認，那個小鬼還挺瞭解你的。向來只在意自己的事，不注意四周，看不到別人的存在……」歐陽子奇突然臉色陰晴不定地笑了起來，看得穆丞海更加毛骨悚然。

天啊！老大竟然笑了，不會是氣炸了吧？他還不想這麼早死啊！

發生這種事，歐陽子奇是應該要生氣的，但氣的不是穆丞海闖禍。

在腦中迅速分析完整件事情，歐陽子奇確定對方根本不會做出威脅到 MAX 的舉動，可是穆丞海竟然不打算跟他說，還為此擔心到出現黑眼圈，差點毀了頒獎典禮的演出，歐陽子奇說什麼也不想讓他好過。

就算他被穆丞海緊張的表情逗得想笑，歐陽子奇還是忍住，唯恐天下不亂地問道：「我說啊，你確定你撞到的是人？」

以為歐陽老大要開始數落他，穆丞海咬著牙，眼睛一閉，大有從容就義的氣勢，但一聽到問話，馬上管不住嘴巴回應。

「廢話！不是撞到人，難不成是撞到……」

最後一個字到了嘴邊突然說不出口，嘴巴一張一合的，像是離水呼吸不到空氣的金魚。

對耶！腳踏車撞爛成那樣，人卻沒事，還可以大聲小聲和他互嗆，穆丞海現在回想起來，突然覺得那個小鬼還真詭異。

半夜開車的經驗對他來說是家常便飯，平常累歸累，但穆丞海自認還是非常注意路況的，他就覺得那小鬼像是憑空冒出來的！

哈哈哈，這樣就不用擔心被爆料啦！他沒犯錯，他沒撞到人，因為他撞到的是鬼嘛！他撞到的是……鬼！

見穆丞海的臉一陣青一陣白，歐陽子奇終於忍不住笑了出來，搞得穆丞海一頭霧水。

「表情這麼生動，讓我開始期待起你的電影演出了。」再揶揄一句後，歐陽子奇見好就收，結束逗弄。

「子奇，你覺得……我要不要去廟裡拜一下？」

「為什麼？」歐陽子奇覺得他的問題很可笑。

只見穆丞海將一雙細長深邃的眼睛睜得老大，臉色慘白，嘴角還不住顫抖，他的一句玩笑話，穆丞海不會認真的相信了吧？

「我撞到……鬼耶！不應該去拜一下嗎？」這種事情他沒經驗，子奇看起來什麼都懂，還是詢問一下他的意見比較好。

「你做過什麼虧心事嗎？」

瞧他緊張的樣子，不會是有什麼見不得人的事情瞞著他吧？殺人？放火？吸毒？要是有的話，那他現在就直接砍了他，讓他也變成鬼去跟對方作伴，還可以順便解決怕鬼這件事情，一舉數得。

「應該是沒有吧……」側頭細思，他雖然做過一些小奸小惡的事，但嚴格說來，應該還不至於到缺德的地步。

「那不就得了，還擔心什麼？況且，你相信有鬼？」

「你不相信有鬼？」穆丞海愣愣的回問。

「除非親眼見到，否則目前我並不相信。」歐陽子奇並非鐵齒，但要他盲目相信別人以訛傳訛的東西，他也做不到。

「那我見到的那個……是嗎？」

「穆丞海，清醒一點！就算你真的撞到鬼，現在不是還好端端地在這裡？要是再不把注意力放在電影拍攝上，耽誤到第二張專輯的錄製時間，當心我真的讓你變成鬼！」

毫不留情地賞他一記爆栗，穆丞海痛得哀叫一聲，連忙伸手護住額頭，嘟嘴瞪向歐陽子奇。

好嘛！不想就不想。就算真的有鬼，也比不上生氣的歐陽子奇恐怖！

「卡！」第四十七次，非常好！

史蒂芬・墨本低咒一聲，連做好幾次深呼吸，要自己冷靜下來。

電影《豔陽》是由東方資深劇作家柯岳宏編寫，國際知名導演史蒂芬・墨本執導，耗資數億，網羅實力派女星茱麗亞・艾妮絲頓、可愛童星衛仲鳴等數名重量級演員擔綱演出。

在拍攝的第一天，第一個鏡頭，五分鐘的劇情，到目前為止已經拍了兩個小時之久，ＮＧ了四十七次。

「導演……」看見史蒂芬就要抓狂，茱麗亞快一步走到他身旁安撫，「小海第一次演戲，難免緊張，可能暫時還無法掌握演出父親的感覺，不如先拍我的部分吧！」

「嗯，也好，就先拍妳的部分吧。」史蒂芬和顏悅色地與茱麗亞說完話，轉頭就對著穆丞海大吼，「穆丞海，在旁邊仔細看著，好好觀摩茱麗亞是怎麼跟小孩相處的！」

「好、好啦。」心情鬱悶地走到布景外頭的椅子坐下，穆丞海心不甘情不願地看著茱麗亞演戲。

還沒和茱麗亞合作前，穆丞海就跟一般男生一樣，對這名性感女神有著會精蟲上腦的喜愛，但在見識到她跟導演、燈光師、化妝師……幾乎每個男性工作人員，都能靠著撒嬌打好關係時，穆丞海就幻滅了。

尤其他現在的水深火熱，全拜這位大小姐所賜。

在心中冷哼幾聲，要他觀摩茱麗亞的演技？搞不好這位靠著阿諛奉承鞏固地位的大小姐，電影裡的好表現其實是藉由剪接撐出來的，實際上演技比他還糟糕咧！

但一開始的不以為然，不到三分鐘就完全改觀。

場中央的茱麗亞，完全擺脫平時的嫵媚姿態，搖身一變成為全身散發母愛光輝的女性，堅韌、樸實，卻耀眼萬分。她拿著湯匙舀起稀飯，噘唇吹散過高的熱度後，才溫柔地送到躺在床上，正發著高燒的兒子衛仲鳴嘴裡。

所有動作一氣呵成，完全沒有失誤。

「OK，真的太精彩了！」史蒂芬讚賞道，其他人也拍手鼓掌起來。

茱麗亞・艾妮絲頓向大家點頭致謝之後，微笑著朝穆丞海走去，讓穆丞海的心裡更悶了。

是要來跟他炫耀嗎？該死的是他真的技不如人，連要反擊的立足點都沒有。

「小海，導演是求好心切，口氣才會暴躁了點，你別太介意。」

幾天相處下來，茱麗亞・艾妮絲頓知道穆丞海不吃她撒嬌那套，起初雖然覺得有些小挫敗，不久後便釋懷了。正是因為穆丞海如此與眾不同，她才會執意要他演出男主角啊！

「我拖累大家了……」穆丞海努力讓自己的口氣聽起來不像喪家犬，卻徒勞無功。

「其實我很佩服你，第一次演戲，就可以把臺詞講得這麼流利，想當初我演出第一個大螢幕的角色時，臺詞總是說得結結巴巴，NG連連呢！」茱麗亞俏皮地吐著舌頭。

雖然可能只是安慰而編造的話，但聽她這麼一說，穆丞海釋懷多了。而且他發現自己並不討厭這樣的茱麗亞，性感火辣依舊，卻有點小女孩的純真，跟夏芙蓉在他和子奇面前不掩飾的調調有點相似。

熟悉的感覺，讓穆丞海放下心防，和她像朋友一般，沒有顧忌地聊起來。

「我一直很好奇，妳為什麼會找我來拍電影？不要告訴我妳之前並不知道我演技這麼爛，才瞎了眼推薦，現在非常後悔喔……」

聽完穆丞海一番話，茱麗亞．艾妮絲頓誇張地笑了起來，甚至笑到流淚，還岔了氣。

「我被你迷住了啊。」茱麗亞朝他眨眨眼，「從我看到MAX的MV開始，腦海裡想的都是你，你雖然沒有純熟華麗的演技，卻能散發出自然迷人的魅力，而《豔陽》正是需要這樣的男主角。」

「我沒有妳說的那麼好啦！」面對茱麗亞直率的稱讚，穆丞海紅著臉，不自在地別過頭，害羞的模樣又惹來茱麗亞一陣嬌笑。

「穆丞海，等等要更改拍攝計畫，先拍第二十五幕的打鬥戲，工作人員需要時間換布景，你快把劇本溫習一下。」

史蒂芬・墨本臉色不悅地朝兩人走來，簡短交代。

穆丞海這才發現，剛剛讓茱麗亞那麼一笑，片場所有男性的目光都被吸引過來，且帶著濃濃殺氣，儼然將他視為公敵。

「咳咳，那我帶劇本去外面複習，順便透透氣，讓頭腦清醒一下。」說完，穆丞海飛也似地奔出攝影棚，逃避那些殺人眼光。

走廊上，穆丞海用肩膀夾著手機，雙手向上伸著懶腰，動了動有點僵硬的身體，「我肚子餓了，能不能替我送吃的過來？」

「小楊哥——」

「小南呢？他沒在你旁邊嗎？」楊祺詳刻意壓低音量，小聲說。

「我讓他留在子奇那裡幫忙了。小楊哥你在哪裡啊？現在不方便說話嗎？」

「沒不方便，我在醫院，只是怕講話大太聲會吵到病患休息。」

「醫院？小楊哥你生病了嗎？」穆丞海擔心地問。

「我是來探病的。你想吃什麼，我幫你送過去吧。」

「喔耶！小楊哥你最好了！我想吃……」穆丞海開心地點了一堆東西。

點餐完畢後，穆丞海掛斷手機，心情愉悅地走出片場，卻看到一個小男孩騎在腳踏車上，怒視著他。

咦，這小鬼怎麼看起來有點眼熟……啊！那不是他在山道上不小心撞到的……咦？

等等，現在是大白天耶，鬼應該不會這麼囂張，白天大剌剌地現形吧？

呼，看來是自己嚇自己，真是的。

「喂！小鬼，你在這裡幹嘛？想來勒索我嗎？」既然對方是人，穆丞海就沒什麼好害怕的了。

「哼，誰要勒索你。」小男孩不屑地撇過頭，但沒幾秒又怒火中燒，轉回頭質問穆丞海，「你知道今天是什麼日子嗎？」

「今天？」他想想喔，自己的生日過了，子奇的生日還沒到，其他人的生日……嗯……沒半個記得的。

那今天是什麼日子？

「哼，算了，問了也是白問，反正你從來不在乎身旁的人如何，你這個自私自利的大、壞、蛋！」小男孩眼中噙著淚，一副非常委屈的樣子。

「你不要越說越過分喔！我是看你年紀小，不想跟你計較，這不表示你就可以亂說我壞話。」穆丞海被數落得莫名其妙，火氣也跟著起來，「奇怪，到底是哪家的孩子？這麼沒教養。」

「不准你汙辱我爸爸！」小男孩咬牙切齒，大有要衝過來跟穆丞海一決高下的態勢。

「嘖，真是的，我幹嘛在這裡跟一個小鬼認真。」被小鬼的氣勢比下去，穆丞海搔搔頭髮，決定不淌渾水，趕緊轉身走回攝影棚。

哼，我絕對會讓你付出代價的！

小男孩惡狠狠地瞪著穆丞海離去的背影，在心裡默默發誓。

「等導演指令一下，你們就開始朝穆丞海拳打腳踢，記得控制好力道，別真的打傷了。」

攝影棚裡，武術指導叮嚀著這場戲的拍攝注意事項，等一切準備妥當後，他朝史蒂芬比出一個OK手勢。

「好，準備！五、四、三、二、一，Action！」

攝影機開始運轉，穆丞海雙手護頭蹲下，一群人拿著特製木棍在他身旁不停揮舞，絕大部分的木棍都打在他身旁的地板上，製造出嘈雜聲響，幾棍打在他身上的，也被刻意減輕力道，根本不痛不癢。

就在這一幕快拍攝完畢時，穆丞海眼角餘光突然瞄到剛才那個小男孩，騎著腳踏車闖進攝影棚，但工作人員卻對他視若無睹，任由小男孩朝他們靠近。

那個小鬼到底想幹嘛？現在正在拍戲耶！而且工作人員怎麼會任由閒雜人等這樣進出片場？

騎著腳踏車的小鬼知道穆丞海看見自己了，突然詭異一笑，他加快車速，用力撞向一旁的鷹架背景。

「小心！」

整座鷹架晃了晃，就這樣倒了下來。穆丞海本來可以閃開的，但是他瞧見衛仲鳴也在鷹架落下的範圍裡，二話不說，馬上飛奔過去，將他護在自己懷中。

轟隆巨響，尖叫聲四起，穆丞海只覺眼前一黑，便暈了過去。

Chapter 3

比喪失記憶更恐怖的後遺症

「醒了、醒了！快去請醫生過來！」

昏迷了大半天，穆丞海緩緩睜開眼，卻覺得眼皮痠疼沉重，他強忍著不適眨了幾下，模糊的視線才清晰起來。

「海，你有沒有哪裡不舒服？」豪華的VIP病房裡擠滿人，離病床最近的楊祺詳緊緊握住穆丞海的手，擔憂地詢問。

不過就是送個點心過去，結果竟然看到他們家最寶貝的藝人被壓在鷹架下，嚇得他差點沒心臟病發作。

「我……」伸手支撐身體想要坐起來，一動就扯到後腦的傷口，痛得穆丞海眉頭緊皺。

「借過一下，醫生來了！」助理小南扯著喉嚨大喊，指揮病房裡的訪客讓開一條路，後頭跟著醫生和數名護理人員。

醫生拿起小型手電筒，對著穆丞海的雙眼照了照，再指示他看上看下，動動手指。

「會想吐嗎？」醫生直起身，在病歷表上註記後，抬頭詢問穆丞海。

穆丞海搖頭。

本來沒事，這一搖頭卻開始暈了起來。

「你撞到頭，有腦震盪的跡象，動作時盡量別晃到頭部。」醫生叮嚀。

「好。」穆丞海眨眨眼，努力讓眼前的視線更清晰些。

「記得自己叫什麼名字嗎？」醫生又寫了些內容，隨口問著。

「我叫……」穆丞海突然一怔，瞪大眼睛，「我叫……」

他惶恐地看向病房裡的眾人，臉色慘白，嚇得楊祺詳也跟著不安起來。

「海，你別嚇我啊！我是小楊哥呀，你不記得了嗎？」

不會吧！喪失記憶？

撞個頭就喪失記憶，這不是電影或連續劇才會有的情節嗎？完了、完了，這下事情可嚴重了。

「……小楊哥？」像是第一次聽到這個名字，穆丞海跟著複誦，語氣盡是生疏。

「海哥！」見狀，助理小南哭喪著臉，咚的一聲就在病床邊跪下，「我是小南啊！海哥，你記得嗎？」

「呃，你們……」穆丞海來回看著眼前這兩人。

有沒有這麼誇張啊？瞧小南激動的模樣，不知情的人還以為他是死了爹還是掛了娘咧！

「那……他他他……你記得嗎？」楊祺詳伸手指著人群後方，身體斜倚在病房門邊的男子，「子奇啊！你的拍檔、好友、同班同學……歐陽子奇啊！」

穆丞海順著楊祺詳的手勢望向門邊。

歐陽子奇穿著一件剪裁俐落的貼身長褲，白色襯衫的領口微微敞開，搭配著簡單龐克風格的黑色皮外套，看起來穩重又帶點狂野，與現在渾身骯髒狼狽的穆丞海形成強烈對比。歐陽子奇回望著穆丞海，縱使臉上戴了副黑色粗框眼鏡，依舊擋不住那彷彿可以洞悉一切的凌厲眼神。

兩人眼神對上後，歐陽子奇先是狐疑，隨即似發現什麼，半瞇起好看的棕眸，最後帶點警告意味的挑高眉梢，而穆丞海原本張得老大的雙眸充滿無辜，被盯著盯著竟然閃爍起來，身體甚至無法克制地瑟縮了一下。

就看著他們兩人對望半天，也不說半句話，楊祺詳和小南不解地你看我、我看你。

「穆、丞、海！」見他還想再裝，歐陽子奇耐性用罄，聲音沉得有如地獄惡鬼。

「唉唷，開個玩笑嘛！」

穆丞海突然嘻皮笑臉起來，刻意迴避歐陽子奇的殺人眼神，漾著燦爛笑容看向病房裡其他人。

「海……你……沒喪失記憶？」楊祺詳問得不是很確定。

「對啊！」穆丞海點頭，得意地笑著，「怎麼樣？我的演技不錯吧！」

「呼……沒事就好……」楊祺詳大大地鬆了口氣，用手撫著胸口，再這樣多嚇幾次，搞不好就要換他住院了。

「雖然沒有大礙，還是建議穆先生住院觀察幾天。」

「好，我去辦住院手續……小南，你看海需要什麼東西，跑一趟他的住處，替他帶過來。」縱使一副驚魂未定的模樣，楊祺詳還是表現出經紀人該有的專業，處理起後續工作。

「沒事啦？」歐陽子奇睨向病床上那個把事情搞得驚天動地的罪魁禍首。

「嗯，沒事了。」穆丞海點頭裝乖，笑著回望歐陽子奇，標準的「一痞天下無難事」。

「沒事就好，我回去了。」

朝醫生點頭致謝，歐陽子奇戴起帽子，離開病房。

新歌的編寫才剛起頭，他還得趕快回去繼續創作。

「跟拍？」大口吃著拉麵，穆丞海捨不得放下筷子，口齒不清地邊吃邊說。

楊祺詳將椅子拉近了病床一些，開始解釋起工作內容。

「何董的意思是，趁你這次住院，想請一家電視臺到醫院來拍攝你的生活點滴，有點像是紀錄片，中間穿插訪問的方式，讓觀眾看到你不同於舞臺上的一面，順便為電影宣傳造勢。」

這怎麼可以？好不容易多出幾天假期，他才想趁著住院期間享受每天吃飽睡、睡飽吃的生活耶。果然何董就是見不得他清閒，硬是搞出什麼跟拍來折騰他。

「不好吧，你看這病人服醜到不行，又不能上妝，這模樣播出去，子奇不殺了我才怪。」一口氣將湯喝個精光，穆丞海發出滿足的飽嗝。

「這件事何董跟子奇商量過了，子奇沒有意見，還說你之後演出電影多得是扮老扮醜的機會，現在有獎座加持，不用再走偶像路線，光鮮亮麗的外表沒那麼重要了。」

什麼！拍一部電影不夠，還來呀！

不過，子奇那傢伙也太快倒戈了吧！以往錄音前都會叫他多休息保持體力，這次不但沒有阻止何董，竟然還答應電視臺到醫院拍攝！

不行！不行！就算只剩自己孤軍奮戰，他還是要捍衛自己稀少得可憐的假期。

「可是……電視臺不是都愛爆點、八卦，最好拍到越醜的畫面越有收視率，何董請電視臺來拍，不正好引狼入室？」

樓下那些想混進來拍攝他受傷模樣的媒體還嫌不夠多嗎？

「放心，這次請到的電視臺和我們關係良好，主持人也是向來很維護MAX的胡芹，製作出來的節目只會讓你的形象大大加分，不會扣分啦！」

「看來根本沒有讓我拒絕的餘地嘛。」從上次接演電影開始，穆丞海覺得自己越來越沒有人權了。

哼！小楊哥根本就是來「告知」他，而不是「詢問」他嘛。

沒關係，這次就算了！先不跟他們計較，等他出院後再來跟何董好好聊聊。

頭上傷口大部分時間雖然沒事，但真的抽痛起來時還是挺要命的，有時還會眼花看到一些模糊影子，現在就讓他先把心力放在養傷吧！

「丞海，你昏迷的這段時間，許多歌迷聚在醫院前的廣場為你點燈祈福，大家都很關心你的傷勢，可以跟觀眾朋友說明一下嗎？」訪問同時，胡芹順手將垂落的瀏海撥至耳後塞好。

一頭削薄服貼的短髮顯得朝氣十足，和她甜美且充滿精神的嗓音非常相配，外型、聲音，加上傑出的工作能力，讓胡芹深受大眾及演藝圈高層的喜愛，年紀輕輕就已經是知名廣播主持人，手上還有數個電視臺的當紅節目。

何董之所以會將拍攝穆丞海的獨家交給胡芹，也是看好她未來還會大紅大紫一段時間，趁機賣給她一個人情，這是在演藝圈生存的不二法則。

「雖然傷到頭部，也只是小傷而已，醫生怕會有後遺症，才要我住院觀察一段時間，讓歌迷以及關心我的朋友們擔心了！謝謝你們在我昏迷時為我祈禱，我會趕快好起來。」說著，穆丞海朝鏡頭漾開一抹帥氣的笑容。

這個笑容的鏡頭感很不錯，魅力十足！胡芹投給他一個讚賞的眼神。

「相信歌迷朋友們聽到這番話，會安心許多。」胡芹將話題一轉，「這次的事件引發了外界探討，包含藝人保險、表演場所的安全維護，以及起用替身是不是比較好等議題，不知道你對於這次意外有什麼看法？」

意外？聽胡芹的口氣，大家好像沒發現是那個小鬼騎車撞倒鷹架的？

仔細想想，如果他主動提起，結果大批記者跑去訪問那個小鬼，把他撞到人的事情抖出來，那不就慘了！既然沒人發現，他還是別主動說吧。

「嗯，藝人確實要注意安全，但我不建議因此改用替身人員。今天如果是代替我的替身演員受傷躺在這裡，我一樣會很難過。」眉頭輕皺，穆丞海的神情透露出擔憂。

本來想在訪問中用演技製造出良好形象，但說著說著，連他自己都沒意識到，演技早就被拋在腦後，胡芹的問題，他幾乎是不假思索地回答了。

也因此顯得分外真誠，毫不矯情。

「有人說，這次鷹架會倒塌是因為導演臨時更改拍攝順序，導致工作人員要在極短時間內搭好布景，倉促之下沒有固定好，才會釀成這起意外。丞海，你會因此對電影公司提起告訴嗎？」

「這種指控對工作人員並不公平。導演確實臨時更改拍攝順序，但工作人員很敬業，這只是一場大家都不願意看到的意外。」

「丞海真的很體貼。」掌握節奏，胡芹在這問題上見好就收，改口聊起另一個大家關注的事，「電影拍攝過程還順利嗎？」

「嗯……其實不是很順利，我為了揣摩角色的感覺，花掉許多時間，這次又因為受傷住院，實在對導演及整個劇組很抱歉。」因為能力不足，拖累進度，他是誠心為這件事情感到愧咎。

這句話聽在一開始就偏心的胡芹眼裡，成了另一種解讀：「不愧是MAX的成員，據我所知，歐陽子奇也是一樣，你們都是自我要求甚高的人呢！就算是第一次拍戲，還是力求最完美的表現，大家都很期待你這次的電影唷！」

這次的訪談，其實讓胡芹對穆丞海有些刮目相看，不知道是不是因為第一次看見對方沒有化妝，身上穿著樸素病人服的原因，胡芹總覺得穆丞海變得不太一樣了。

如果說以前的他是那種隨時發光發熱、鋒芒畢露型的明星，現在的他就是一種曖曖內含光，在質樸中隱藏著某種爆發力的明星。

短短幾句的訪談裡，他展現出帥氣、憂鬱、自信以及謙遜等面貌，不像以前面對鏡頭，就是永遠的陽光燦爛。雖說這種改變也沒什麼不好，群眾依舊受到他那開朗的領袖特質吸引，但是複雜多變的穆丞海，卻更有擄獲人心的神祕魅力。

「雖然很期待你的電影，歌迷和影迷們還是希望你先好好休息，留下後遺症就不好了。另外關於……」

胡芹還想繼續訪問，穆丞海卻突然舉起手打斷她，並請攝影機先停止拍攝。

順著穆丞海的眼神看向門外，幾名護士在那徘徊，似乎猶豫該不該進來。穆丞海看到她們已經待在門口好一段時間了，不忍心讓她們繼續等，如果耽誤到其他病人的時間可不太好。

「換藥嗎？」穆丞海指著自己纏繞紗布的頭。

「不……不是的，我們是想……要簽名……」一個被推到最前頭的護士，支吾半天，才把她們的目的講完，臉上一片緋紅，害羞地低下頭。

「好啊，這有什麼問題。」

穆丞海親切地招手要她們進來，簽完名後，還大方跟她們合照。

過程中，穆丞海發現門外又聚集了另一批護士，索性也招手叫她們進來。

「不然，這樣好了，如果還有其他人想要簽名，請他們把要簽的東西拿過來，你們下班後再過來拿就好，免得耽誤大家的上班時間。」

護士小姐興奮地跑出去通知，但不知為何，穆丞海簽著簽著，竟然演變成一堆人大排長龍，不只下班的醫生、護士、志工，還有許多病人也跟著排隊。

見狀，穆丞海請小南搬椅子給一些行動較不便的病人坐，並加快簽名速度，以便那些病人早點回去休息。

不知不覺，就這樣過了幾個小時。

終於幫排隊的人簽完名，穆丞海舒展著僵直的背部，這才意識到胡芹和攝影師都還在病房裡。

「呃……不好意思，耽誤到你們訪問的時間。」

「不會不會。」胡芹客氣回應，「剛剛我們也拍攝了好幾個鏡頭，中途還訪問排隊的人，許多回答都很有爆點呢！這些東西夠剪輯出一集精彩的節目了，期待一下收視率吧！不過，你這樣隨便幫大家簽名沒關係嗎？要是更多歌迷聽到風聲混進醫院也想要簽名，醫院會大亂吧。」

「對耶，我都沒想到這點，看大家那麼開心，我就簽得欲罷不能了。」

「海哥，所以才說你別老是對歌迷那麼好！這件事小楊哥已經去處理了，應該會多派幾個保全把關，歌迷沒那麼容易混上來啦。」助理小南說著。

「嗯，你們處理好，讓丞海好好靜養，我和攝影師先回電視臺囉，掰掰！」

看著小南送胡芹和攝影師下樓，單獨留在房間裡的穆丞海，此時瞥見一個阿伯突然出現在門口，好奇地東探西望。

「剛剛係勒衝啥?那ㄟ家老類?」(剛剛是在做什麼?怎麼那麼熱鬧?)

「阿伯,嘟價咧簽名啦!」穆丞海回應,一句話摻雜著國、臺語。

在育幼院照顧他們的伯伯阿姨通常年齡偏大,長年相處下來,穆丞海對老人家很有好感。當他看見這個穿著病人服的阿伯出現時,立即露出欣喜的微笑。

「你講果語沒關係,偶果語嘛也通啦!」阿伯自來熟地拿了把椅子,就在穆丞海床邊坐下,以親切的臺語口音說著,「你是明星喔?啊……忘記住偶介紹,偶住隔壁的啦!偶看你住進來沒幾天,好多倫來看你捏。」

穆丞海的年齡跟自己孫子差不多大,阿伯平常也沒看電視,不認得什麼大明星,所以跟他聊天的口氣就像是和家人閒聊一樣,非常親切自在。

「阿伯,拍謝,是不是吵到你了?」

「迷有啦!熱鬧一點好啊,不然住在病院很無聊捏。」突然想到什麼,阿伯拍了頭,「對喔,倫老了,記憶不好,今天有老人活動偶都忘記了。尚年ㄟ,你要不要一起去看看?有得粗又有得玩捏。」

「喔,好啊!」聽到可以玩,穆丞海眼睛亮了起來,隨手寫了張紙條,交代自己的去處後，就跟著阿伯興高采烈地出了病房。

和阿伯成為朋友後，穆丞海的住院生活就顯得有趣多了，每天陪他去走一走，到各病房串個門子，順便幫醫生護士簽個名等等，輕鬆愉快。

只是，某人的叮嚀電話也是天天來。

「就這樣，住院期間也不准懈怠，尤其是演藝圈最近發生的訊息多關注點，不要出院後就跟社會脫節了。」電話那頭，歐陽子奇關心完穆丞海的復原狀況後，語重心長地交代著。

「好啦，我知道了。」嘴裡咬著三明治，穆丞海有一下沒一下地翻著小南一早送過來的報紙，又跟子奇對話了幾句後，才掛上手機。

愛心不落人後，穆丞海醫院參與關懷老人活動！

看到影劇版斗大的標題，穆丞海冷不防被口中的咖啡一嗆，天昏地暗地咳了起來。

報導內容除了讚賞他住院期間積極參與愛心活動外，包含深受老人喜愛、演出精彩、笑聲不斷等等，洋洋灑灑寫了半個版面。

他明明是去玩的，怎麼傳到記者耳裡，就變成愛心行善了？

往後頭翻，另一則標題則是他親切幫大家簽名的報導，文中說他即使得了許多獎項，依舊如同剛出道時一般平易近人，完全沒有大頭症。

再翻了幾份報紙，差不多也是那些報導，不同的只有照片越登越大張，標題一個比一個聳動。

穆丞海搖搖頭，心想何董是花了多少錢買通媒體記者啊！一面倒都是稱讚的新聞，讓他看了都不好意思起來。

放下報紙，早餐也吃完了，穆丞海窮極無聊，打算出去晃晃。

踩著悠閒的步伐晃到走廊上，和一位穿著病人服的老婆婆擦肩而過，穆丞海禮貌地打著招呼。

不知道對方是不是有耳疾，老婆婆理都沒理他。

「呃……」自出道以後，很少遇到這種直接被忽視的情況了，穆丞海看著老婆婆離去的背影，搔了搔頭。

他繼續走著，迎面又來了一名穿著病人服的長髮美女，清秀的臉慘白沒有血色，穆丞海依舊打了招呼。

這次對方沒有漠視他了，但也僅僅只是稍微瞄了一眼穆丞海，低著頭，腳步沒停，三兩下就不見人影。

唔，好吧，醫院嘛！會在這裡的人不是自己生病，就是來探病的，心情自然好不起來，會對他這麼冷淡，情有可原。

不再執著於對方的反應，穆丞海恢復悠閒心情，繼續往前走，沿途又陸陸續續遇到一些人，他一樣主動打著招呼，不過大部分都沒得到回應。

「嘿！」穆丞海路過一間病房，看見護理長從裡頭退了出來，便偷偷摸摸地挨上去拍了下她的肩膀，嚇了她一跳。

「呼，丞海，是你啊。」掩著額頭，護理長沒好氣地白了他一眼！

「嗚嗚，終於有人肯跟我說話了，我剛剛在走廊上跟一堆人打招呼，都沒有人理我。」這種沒人想跟他聊天的感覺真是悶。

「這個樓層只有 **VIP** 跟加護病房，躺在這的不是快去世了，就是像你一樣是需要隱私的病患，哪來的一堆人？」

「可是……」穆丞海轉頭看向走廊，還真的空蕩蕩的，沒有半個人影。

咦？那剛剛那些人跑哪去了？

哦！他知道了，一定是從病房裡偷溜出來透氣，結果看到護理長，全都嚇得躲回房去了。

「護理長，這個病患是得了什麼病？」探頭看著護理長剛退出來的病房，只見病床上躺著一個小男孩，全身插滿維生系統的管子，穆丞海好奇地問。

「一個可憐的孩子，單親家庭，家裡只有爸爸一個人，也不知道工作是不是真有那麼忙，幾乎很少來看他。從出車禍被送來後，這孩子就一直昏迷不醒到現在，算算也有一個月了吧！」

「喔喔，好可憐喔！」穆丞海有些鼻酸，看到對方小小年紀就躺在病床上，他突然覺得自己實在是幸福得過分。

「喂，不對啊，你會什麼會在這裡？」護理長雙手叉腰，一副對方皮在癢的樣子，「你上次突然跑去老人活動，弄得媒體想搶鏡頭而大亂，我都還沒跟你算帳，現在還想溜出去，嫌我們工作不夠多嗎？給我回病房乖乖待著！」

醫院裡的年輕護士都吃他的魅力，對穆丞海好聲好氣，唯獨年過半百的護理長不買帳，凶起來非常可怕。

「好啦！我立刻回去！」

雖然討厭一個人待在病房裡，不過造成醫院困擾也不好，穆丞海向護理長揮揮手，往自己病房走去。

「午安。」穿著粉藍色小洋裝的胡芹精神奕奕地踏進病房，高壯的攝影師提著大包器材跟在身後，趁著胡芹與穆丞海閒聊之際，將攝影器材架設定位。

「今天怎麼沒看見那個常來找你聊天的阿伯？」胡芹邊說著，邊從包包裡拿出訪問稿，準備在開拍前和穆丞海討論一下主題。

對耶！經胡芹這麼一提，穆丞海才想到隔壁的阿伯怎麼還沒出現，這幾天阿伯都習慣在早餐過後來跟他閒話家常，有時候聊得太起勁，兩個人還會一起吃午餐。

病房門被推開，楊祺詳走了進來，在聽到胡芹的問題時，表情突然黯淡下來。早上買早點時，聽到關於隔壁阿伯的消息，他還在思考該怎麼告訴阿海。

楊祺詳知道穆丞海和那位阿伯已經建立起不錯的交情，但這件事穆丞海遲早會知道，於是他長嘆一聲，才準備開口，就見穆丞海突然揚起手來，朝他身後開心地打招呼。

「嘿！阿伯，你好啊，今天怎麼沒過來坐坐？」

阿伯？怎麼可能！臉色一僵，楊祺詳緩緩轉身，但是他身後空無一人，根本沒有隔壁阿伯的蹤影，不對，根本就不該有蹤影啊！護士小姐明明說……

「阿海，你別嚇我……」楊祺詳頓時嚇出一身冷汗，順著背脊往下滑落。

「嚇你？」穆丞海狐疑地問。

「你說你……看到阿伯？」

「對啊，你沒看見嗎？阿伯就在你身後啊！」

像是要印證自己所說不假，穆丞海又愉快地朝楊祺詳背後揮揮手。

走廊上的阿伯除了臉色蒼白了點，笑容還是一樣爽朗，他也舉起手向穆丞海揮了揮。

「阿、阿海，可是護士小姐早上說……隔壁的阿伯……今天凌晨已經、已經……往生了啊！」

一句話，如轟雷般直接打在穆丞海頭上，連他也僵住了，一隻手停在空中，不知道該不該放下。

往……往生？可是阿伯明明就在那裡啊！

瞠目結舌地望著阿伯，後者又朝穆丞海笑了笑，接著轉身離開——用飄的……

「小楊哥……」穆丞海有一種快要尿褲子的衝動。

「他還在我背後嗎？」楊祺詳也好不到哪去，離他這麼近耶，他快哭了！

「走、走了……」

他是相信以阿海跟阿伯的交情，阿伯應該對他們沒惡意，只是有鬼離自己這麼近，任何人都要有很大的膽量，心臟才不會被嚇停啊！

「你們……是在對戲嗎？」大概搞懂發生什麼事的胡芹，臉色也不比兩位男士好看，但畢竟她見過大風大浪，也曾主持過靈異節目，看起來稍顯鎮定。

穆丞海沒有回答。阿伯蒼白的臉孔一直烙印在他腦中，那種感覺他突然有點似曾相識，好像……好像……令人背脊發涼的念頭忽然閃入，穆丞海臉色一白，撇下大家，拔腿就往外衝。

不會吧！他在走廊上遇到的那群「人」，都是長這副德行啊！

「快！快跟上！」

胡芹指示著，攝影師趕緊扛起攝影機，尾隨穆丞海開始拍攝。

一路上，穆丞海跌跌撞撞快速奔跑著，在走廊上拐了幾個彎，又跑了好幾層樓後，才在一條陰暗的走道上停下來。

攝影師將鏡頭帶往走道盡頭，發現那裡有一扇冰冷的金屬門，拿著攝影機的手無法克制地抖了一下，要是他沒猜錯，那裡是太平間啊！

晚了幾秒鐘，胡芹也氣喘吁吁地來到他們身邊。順了順自己的氣息後，她拿起麥克風，敬業地開始訪問：「丞海，你突然跑來這裡，是發生什麼事了嗎？」

沒有回答，穆丞海喃念了幾句，然後像是下定什麼決心一樣，邁開步伐往太平間走去。

楊祺詳見狀，連忙衝上去拉住穆丞海，「阿海，你在幹嘛！前面是太平間耶！」不知道打哪來的蠻力，穆丞海突然雙手一揮，不只掙脫楊祺詳的箝制，還讓他往後倒退了好幾步，背部硬生生地用力撞在牆上。

踉蹌著步伐，穆丞海走到太平間的金屬大門前，舉起手握住門把，口中持續著喃喃自語。

他要證實……他要證實……不行……他不能退縮……

深吸一口氣，穆丞海挺起胸膛，倏地將金屬大門推開，一股森冷的空氣吹了出來，雙眼直視裡頭的景象，穆丞海突然古怪地笑了起來。

往後頭退了幾步，眼神依舊沒有移開，穆丞海做最後的垂死掙扎，開口詢問楊祺詳：「小楊哥，你看看裡頭，有……『人』嗎？」

「死掉的算嗎？」楊祺詳走到穆丞海身旁，不明白他為何這樣問，除了一具具用袋子裝起來，或蓋著布的屍體外，他沒看見半個活人。

「小楊哥……」但是，他看見好幾個「人」站在一具具屍體旁邊啊！

此刻因為他突然開門，全轉頭看著他們啊！

「我這次傷到頭，好像傷得不輕……」

他以前沒有「陰陽眼」，也從沒想過自己會有，這撞到頭後附贈給他的「禮物」，他無福消受啊！

「怎麼了？傷口疼嗎？醫生叫你少晃動頭部，你還這樣不要命地奔跑，想練身體也要看情況啊！你還是病人呢。」

將穆丞海的身體轉到背後，楊祺詳伸手檢查頭上的紗布，擔心傷口是不是裂開滲血。

就在他關心傷勢的同時，穆丞海突然瞄了一眼太平間，接著一聲淒厲的慘叫，劃破醫院原本寂靜的空間。

他看到一道透明的鬼魂，朝他們飄了過來！

Chapter 4

演技爛，是一場災難

「OK！大家休息一下。」

趁著拍戲空檔，穆丞海隨意翻閱著報紙，不時發出嘖嘖聲響。

——靈異事件真有其事？穆丞海醫院撞鬼，經紀人指出一切都是演技練習。

世界上有很多人堅信眼見為憑，撞鬼也就算了，還是只有他看見，說出來給別人聽，十個有九個人以為他在開玩笑。

正因如此，當那天他在太平間看到一隻半透明的鬼朝他飄來時，縱使已經到當場嚇暈的地步，楊祺詳竟然也只當他是撞到頭一時眼花。

這還不打緊，整段過程被電視臺一刀未剪播出，締造超高收視率，還被一句「演技練習」的說法擺平，一個驚悚萬分的事件就這樣被當成笑話看待，不了了之。

更讓穆丞海不平衡的是，沒人相信他撞鬼也就算了，小楊哥竟然覺得是他住院住太久，受到醫院環境影響，才會有見鬼的妄想症出現，隔天就幫他辦出院。

雖然他嘴上不說，但這種不被相信的感覺真是挺糟糕的。

「想不到你在片場混得挺不錯的嘛！」

極具磁性的嗓音打斷穆丞海翻閱報紙的動作，認出聲音的主人是誰，穆丞海欣喜轉頭，果然看見歐陽子奇站在他身後不遠處。

如果不是在發片跑宣傳的期間，歐陽子奇的穿著其實十分簡單，一條刷白的個性牛仔褲，套件樸素的棉質T恤就能出門，但越是低調風格的服裝反而越是襯托出他的不凡氣質，完全就是個才華洋溢的瀟灑貴公子形象。

穆丞海拍攝「豔陽」期間，歐陽子奇原本打算全心投入MAX第二張專輯的製作，開始閉關寫詞作曲，但經紀公司打算替穆丞海的螢幕處女作來個一系列的包裝宣傳，於是與電影公司洽談，希望能由歐陽子奇來製作電影的主題曲跟相關配樂，並交給穆丞海主唱，直接收錄在第二張專輯裡。

電影公司覺得這個企畫夠噱頭，歐陽子奇也把它視為一個不錯的挑戰，於是他今天才會撥空來片場跟導演與製片討論，順便看看穆丞海。

從小就跟歐陽子奇是同班同學，每次穆丞海不得已被拉去做表演時，都會恐懼地拉住歐陽子奇，希望他能陪在他身邊，念臺詞也好，聊天也好，總之就是替他轉移注意力，別那麼緊張。

穆丞海見到歐陽子奇，瞬間撲了上去，彷彿化成一隻看到主人回來的小狗狀——頭頂的尖長小耳動了動，尾巴左右搖，伸舌在歐陽子奇的臉上來回舔舐……

不過這些都只是歐陽子奇在心裡的想像。

「子奇！你是來探班的嗎？」心情煩悶的時候能在片場看到熟人，穆丞海實在是亂感動一把的。

「是歐陽子奇耶！」、「本人好帥喔！」穆丞海身旁有幾個小場記，看到歐陽子奇出現後，馬上從認真工作貌變成追星花痴貌。

這種對話穆丞海已經見怪不怪了。透過電視鏡頭，確實十個裡面有九個觀眾會將目光集中在他身上，但實際接觸後，就會發現歐陽子奇那種低調的酷帥魅力，比他更吸睛。

「報紙說你在醫院撞鬼？」歐陽子奇翻開稍顯凌亂的報紙，指著某個標題問，被他那修長的手指所指著的東西，似乎變得相當有意義起來。

在穆丞海猶豫許久，才不情不願的點頭後，歐陽子奇突然笑了起來。

「你不相信？」穆丞海臉色倒是十分難看，雖然他知道這種事情說出來要人相信很難，但是看到歐陽子奇那種笑法，還是讓他很悶。

「不，我相信。」

「你相信？」這下換穆丞海吃驚了。

「是啊！我相信。」他伸手耙過自己上一張專輯的宣傳期過後，就沒好好整理，長度快碰到肩膀的頭髮，「我看過你在醫院太平間前的那段影片，那不是演技。」

那麼精彩的反應，就算要穆丞海演，歐陽子奇相信他還沒那能耐可以演出來。

穆丞海沉浸在歐陽子奇相信自己的喜悅裡，沒發現對方眼眸裡正流轉著某種精光，打量著他。

陰陽眼啊！既然有這麼好玩的能力，當然要好好利用一下，歐陽子奇開始盤算起下一張專輯的構想，他有點靈感了。

「卡！丞海，我知道你沒有演戲的經驗，也相信你真的有熟讀劇本，但是，你要把感情融入飾演的角色裡啊！」史蒂芬・墨本揉著隱隱作痛的太陽穴，盡量耐著性子教導這名電影界的新進。

在他細細挑選，確認所有演員都是再適合不過的人選後，茱麗亞・艾妮絲頓卻挾著總裁老爸的威勢，堅持要將男主角換成穆丞海。當時，史蒂芬確實不高興了很久，但深信其他演員的水準夠高，區區一個沒有經驗的男主角應該不至於毀了整部電影，才勉為其難答應。

但是，他真的沒料到，這個茱麗亞欽點的男主角，不只是沒有電影演出經驗，根本是不會演戲！

穆丞海的不會演戲，並不是臺詞說不出來，在史蒂芬的抽問之下，他驚訝地發現，這個菜鳥演員很有心的將整部劇本背得滾瓜爛熟，一字不漏，但真的僅僅就是背熟而已，史蒂芬覺得，穆丞海有很嚴重的情感理解障礙。

偏偏「豔陽」是一部情感刻畫極深的劇情片，不是動作片啊！

好比說現在這一幕，內容是在描述飾演貧窮單親家庭父親的穆丞海，發現兒子衛仲鳴因為肚子餓，跑去商家偷東西吃，結果被老闆發現，拿著棍子追了出來。

父親因為兒子偷竊，雖然氣得動手想打他，但在知道兒子是因為想買生日禮物給他才沒錢吃飯後，父子相擁而泣。

本該是慈父的穆丞海，硬是把臺詞說得凶神惡煞，結果演他兒子的衛仲鳴一退再退，寧可靠向拿著棍子要打他的商店老闆，也不敢靠近穆丞海。

穆丞海嘴角牽動了一下，本想說些什麼，但想到自己只是個菜鳥，不好反駁導演的話，只好把話吞了進去，眼神不善地瞪向衛仲鳴，嚇得他又往後退了幾步。

這個小鬼是怎麼回事？看著他的眼神跟舉動，完全勾起他國小演話劇時那段不愉快的回憶，這分明就是當年那個女同學反應的翻版。

穆丞海的心情更加惡劣。

「算……算了……」交代助理去買頭痛藥，史蒂芬•墨本指示攝影機調整位置，「先拍最後一個鏡頭，父子兩人相擁，父親知道兒子把錢拿去買生日禮物要送自己，才挨餓行竊，落下淚水，OK嗎？穆丞海？」

再耗下去，應該不會有什麼進展，史蒂芬索性改拍別的鏡頭。

「嗯，沒問題。」這一幕簡單，一開始他就緊緊抱住那小鬼，不要讓他亂跑亂動壞了戲，再來個精彩落淚，輕鬆解決！

「好，攝影機準備，燈光，五、四、三、二、一，Action！」

哼哼，這小鬼果然不安分，還想亂動！穆丞海加重力道，緊緊地將衛仲鳴箝制在懷裡，深吸一口氣，眼淚嘩啦啦地流下來。

「卡！」

史蒂芬重重地將劇本摔在地上，嚇得攝影棚裡的眾人不敢吭聲，一向以冷靜聞名的史蒂芬導演竟然摔劇本！大家屏住呼吸，再把眼神調向場中的罪魁禍首，穆丞海。

又怎麼了？難得他這麼入戲，眼淚說流就流耶！再一次的話，他都不曉得能不能這麼順利了。

穆丞海還在擔心下一次的哭戲，倒是懷中的衛仲鳴突然哇哇大哭起來，穆丞海嚇了一跳，趕緊鬆開他。

一脫離穆丞海的懷抱，衛仲鳴馬上衝向在場外等著的媽媽。

「嗚嗚……媽媽，好痛喔，我的手臂好痛！……嗚嗚……」

那邊，衛仲鳴倒在媽媽懷裡哭得死去活來，幾名女性工作人員也連忙圍上去，頓時搞得拍攝現場一片混亂。

這邊，史蒂芬拉著穆丞海到一旁，決定再次跟他好好溝通。

「丞海，我知道你還沒結婚也沒有小孩，可能比較無法體會當父親的心情，但是，演戲不見得事事都要親身經歷，運用一點想像力、觀察力，去體會劇本裡塑造的角色，再用心詮釋出來。」

史蒂芬摸著額頭，這大概是他導過這麼多部戲以來，話最多的一次，還是跟劇中的男主角講述演戲最基本的原則。誰來救救他啊！

穆丞海煩躁地搔搔頭髮，決定將心裡的話說出來，「導演，我不知道剛剛哪裡演錯了？」

「這個鏡頭，是要藉著你的眼淚來引起觀眾的情感共鳴。」

「我知道啊！剛剛不是也順利地哭出來了嗎？」穆丞海原本還擔心自己會哭不出來，想不到一上場竟然哭得這麼順利，連他都佩服起自己來了。

史蒂芬頓時覺得一個頭兩個大……眼淚是流得很順利沒錯，但是他老兄可不可以別哭得一副人家欠他很多錢、家破人亡的模樣啊！

「你告訴我，這個鏡頭，你演的父親心裡正在想什麼？」

「喔，這個呀，我想到自己辛苦賺錢要給兒子去買東西吃，結果兒子竟然拿去亂買手表，我心痛那些錢，所以哭了起來啊！」

「穆丞海……」史蒂芬・墨本閉眼，深呼吸，再次深呼吸……「從明天開始，你休息一週，給我好好去上演、技、課！」

斯文學者樣的國際知名導演，終於氣得大吼出來。

時尚感極佳的造型墨鏡掩去大半面容，穆丞海獨自走在綠蔭大道上，帽緣壓低，無意識地踢著地上的小石子。一陣寒風吹來，將垂掛在他背後的圍巾吹起，他伸手攏了攏圈在脖子上的藍色布料，將俊容遮得更加緊密。

這個時間，穆丞海本該在攝影棚裡忙拍戲，現在卻用著緩慢的步調，看似悠閒地在城市中的美麗公園裡欣賞風景。

是的，從今天起，他開始放假一週，這個在以前絕對令他歡呼尖叫的假期，現在放起來卻沉重萬分，因為放假的理由讓他很悶，還得每天抽空去上演技課。

想了一整晚，穆丞海還是不懂，為何史蒂芬導演會一而再、再而三地告訴他要融入角色的情緒，他覺得自己飾演得很棒啊，該難過的時候難過，該憤怒的時候憤怒，連哭戲都那麼完美自然。

結果，導演一句「你不是在飾演一名父親」，生生將他打入地獄。

好吧，穆丞海承認，他從有記憶開始就生活在育幼院裡，所以對「父親」這樣的角色拿捏得不太精確，但是應該不至於這麼糟糕吧！

唯一慶幸的是，開拍前歐陽子奇有事要忙，早一步離開，否則他就會全程參與，知道自己被導演趕去上演技課的事。

被其他人笑還無所謂，他可不想讓子奇知道自己那麼沒用。

腦袋裡一個結打得比一個深，穆丞海索性停下腳步，走向行動咖啡車，點了杯咖啡。

「先生，您的找零。」將熱咖啡與零錢遞給穆丞海，行動咖啡車的小姐狐疑地看著他，眼神中不時流過發現什麼、但又不太確定的精光。

穆丞海此刻蓋頭遮臉的裝扮，絕對無法讓人輕易認出他的身分來，但是高瘦修長的身材，鍛鍊過的完美線條，再加上低調中不失流行的穿著，都使他成為別人會不自覺多看幾眼的對象。

捧著熱騰騰的咖啡，隨性在行人步道旁高起的石階坐下，穆丞海仰頭看著不時飄落的枯葉，長長一嘆。

國小演出話劇時，他不只看不懂劇本，還有嚴重的上臺恐懼症，他會被推舉出來演王子，純粹就是因為身高和臉蛋出眾而已。

他記得當時自己還慌張到躲在廁所裡，拿著看不懂的劇本偷哭。要不是歐陽子奇耐著性子，在放學後一句句解釋劇本給他聽，他根本連上臺的勇氣都沒有，雖然最後還是克服不了緊張，把表演搞砸了。

現在經過演藝圈的磨練，他膽子大了很多，但是在揣摩角色方面……

一口氣喝掉大半杯咖啡，穆丞海瞪著正安穩躺在他包包裡的劇本。

老實說，比起上演技課，他現在更想拿著劇本衝去找歐陽子奇。這個念頭縈繞在他腦中大半天了，卻遲遲沒有行動的原因是，他知道子奇正在忙著籌備新專輯，以他力求完美的個性，一定是每個步驟都會親力親為，自己沒有貢獻就算了，如果還拿揣摩角色這種事情去煩他，真的很說不過去。

況且，作詞作曲是歐陽子奇覺得最開心、享受的時刻，他實在不敢肯定，如果這時去找他，自己是會因為有問題就發問得到稱讚，還是會因為打斷他製作音樂的情緒而被大卸八塊。

手機震動幾下，接著傳出「夜雪」的旋律，打斷了穆丞海的思緒。看了眼來電顯示，咕噥幾聲後，他才不情願地按下通話鍵。

「喂……」穆丞海意興闌珊的應著。

「阿海，你在哪裡？今天不是要上演技課嗎，老師打電話說你還沒到。」電話另一頭傳來經紀人焦急的聲音。

「我啊……在你心裡呀……」開著玩笑，穆丞海的心情卻悶到不行。

哇！聽見穆丞海那彷彿世界末日來臨的口氣，嚇得楊祺詳趕緊安慰道：「阿海，演戲的事別給自己太大壓力，畢竟大家想看的是你的魅力，不會太苛求演技啦！你就放寬心，快樂地去玩一場就行了！」

穆丞海當然不會傻到將小楊哥安慰的話當真，演藝圈的險惡他比誰都明白，就算他本業不是演員，依舊會有一堆人等著看他出糗。這不是給不給自己壓力的問題，是尊嚴！他臉皮雖厚，但還沒厚到可以任人看笑話，還覺得不痛不癢。

「子奇知道了嗎？」

「他整天都在忙寫歌的事，連手機都關了，應該還不知道。」

停頓了半天，穆丞海再度陷入沉思，手中的空咖啡杯被他捏到變形。最後，像是下了什麼重大決定，他的口氣為之一變，堅定無比。

「嗯，小楊哥，幫我個忙，這件事千萬別告訴子奇。」

「怎麼了？你們吵架了？」楊祺詳關心地問，這兩個人不是感情很好，整天黏在一起嗎？

「沒有啦！」他又不是吃了熊心豹子膽，敢跟歐陽子奇那個毒舌王吵架，「讓子奇專心寫歌吧！演戲的事我自己處理，別讓他煩心了。」

「喔喔……」楊祺詳古怪地笑了幾聲，隨即用誇張的口吻說，「你是誰？快把手機拿給穆丞海，我要跟他說話。」

「小楊哥，你發什麼神經？」

「穆丞海竟然會為別人著想，今天太陽從西邊出來嗎？」

楊祺詳又呵呵地笑了起來，老是闖禍給他和子奇收拾的阿海，終於開始替子奇著想了！他的心情莫名地好，像是自己的兒子終於長大懂事了。

「你……你……吼！不想理你，我要去上演技課了，再見！」穆丞海支吾了半天，最後放大音量來掩飾自己的彆扭。

聽見歐陽子奇如此專注於籌備他們的專輯，讓穆丞海終於下定決心。

在音樂事業上，他已經讓子奇幫了很多忙，沒有理由連演戲的事都要麻煩他。

這次，他想靠自己的力量找到解決方法。

Chapter 5

莫名覺得有涼意時，千萬不要抬頭看

穆丞海來到戲劇老師的工作室外頭，比約定時間遲了一點，但還好並不是遲太久，他抬頭，將墨鏡稍微拉低了些，看了眼工作室的招牌，腳步突然沉重起來。

呃，慘了，他好像……開始緊張了……

不堪回首的記憶還在此時出來攪局，話劇表演上小朋友們的訕笑聲，還有排練時教他演技的導師，因為他演不好，一直朝他罵個不停。

「穆丞海，你到底有沒有用心啊！」

「你是笨蛋嗎？都已經教這麼多次了，還學不會！」

伸手握住垂掛胸前的項鍊，穆丞海手心全是汗，他真的能在待會兒的演技課裡全身而退嗎？會不會又像以前那樣被罵得很慘啊？

「海？」

熟悉的叫喚打斷穆丞海的思緒，將他拉回現實，但並沒有讓他有鬆了一口氣的感覺，這個聲音很熟悉，他絕對知道對方是誰，就是這樣才慘。

他抬頭看向聲音來源……果不其然，歐陽子奇就站在那裡。

戲劇老師工作室的隔壁是一間樂器行，那是上一張專輯合作過的編曲老師阿

Joe開的，子奇好像有說過第二張專輯還會繼續和阿Joe合作……這麼巧，竟然在這時候遇上。

按理說，穆丞海包成這樣，就算是常常跟拍的狗仔想認出來也不是那麼容易，但身為穆丞海的搭檔兼十幾年同班同學，歐陽子奇對他的身材輪廓可是相當熟悉，就算包成木乃伊，歐陽子奇都能認出來。

「你怎麼會在這裡？今天不用進棚拍戲？」相較於穆丞海的裝扮，歐陽子奇倒是沒有太多偽裝，完全不怕別人認出來。

「我……那個……」心虛側頭，眼神瞟掉，「這個……呃……啊……」絞盡腦汁想著有什麼方法可以瞞騙過去。

「嗯？」歐陽子奇原本隨性插在口袋裡的雙手改成抱在胸前，手指規律地敲打在手肘上，宣告他的耐性有限——還有，穆丞海最好別想瞞他。

「我……來……上……課……」穆丞海講得很慢，尾音拖得好長好長，但說出來之後，又有一股解脫的感覺。

從他的表情，歐陽子奇大概猜到穆丞海在害怕什麼，因此沒有深入追問，反而直接道：「需要我陪你一起去嗎？」

好啊！當然好，子奇的沉穩就像是定心丸，有他在身邊，彷彿所有困難都能迎刃而解。

不過，子奇也有自己的事要忙，他總不能一直依賴下去。

「唉唷，不用啦！」穆丞海故做輕鬆地說，「你就專心投入新專輯的製作吧！上課這種事我一個人就可以搞定啦！」

歐陽子奇不動聲色地微微垂下視線，瞟了一眼那隻原本握在項鍊上、在他靠近後改成拉著他外套衣角的手，手的主人應該沒發現自己正拉著別人吧。

心口不一，歐陽子奇在心中失笑。

「不讓我進去，是怕我看到你出糗，被老師弄哭的樣子？」

「我才不會那麼遜，還哭咧！又不是小學生……」可惡，他小時候是哭得很慘沒錯，但現在說什麼都不會再流下一滴男兒淚，子奇的眼神好討厭，竟然在挑釁他，「哼，要看就看啊！來呀，誰怕誰！」

原本那些擔心害怕，都像煙霧一樣，在他不服輸的接受挑釁後，被風一吹，散了。

「這樣啊，那你應該也不介意我錄下來吧？」

「錄？幹嘛要錄？」

「給新專輯用的。」歐陽子奇腦中冒出個點子，既可以加速新專輯的製作進度，又可以減輕穆丞海覺得自己拖累他的罪惡感。

「新專輯？」

「嗯。」歐陽子奇邊說著，邊轉身走向自己停在路旁的跑車，穆丞海跟了上去，「新專輯有一首歌，可以用你上課的畫面做為MV。」

說著，歐陽子奇從車裡拿出一臺DV，帶著穆丞海往戲劇老師的工作室走了進去。

「那我需要特別表現出什麼樣子嗎？」

「不用，你只要專心上課就好。」

哇！這麼爽，只要上課，就能順便拍好MV？

穆丞海還想再追問細節，但他們已經進到工作室裡了，只能作罷。

奇怪？這麼大間的工作室裡竟然空蕩蕩的，只有一個裝扮很像清潔員的老伯站在櫃檯後方，他們只好走過去，向櫃檯老伯說明來意。

「史蒂芬導演已經撥電話來交代過，但我還是想先親自看看你的狀況再來安排課程。」

「看看我的狀況？」穆丞海滿臉疑惑，這個清潔阿伯是要看他的什麼狀況？掃地能力強不強嗎？

「想必這位就是林正司老師了，久仰大名。」歐陽子奇馬上就從對方的話裡掌握狀況，和林正司聊起天來。

林正司，演藝圈裡一名非常資深的戲劇老師，國內大部分的戲劇演員都直接或間接受過他的指導，連那些已經大紅大紫的演技派紅星，見到他都還是畢恭畢敬地尊稱他一聲老師，由此可見他的分量與地位。

老實說，林正司長得並不好看，身材也有著典型中年人常見的福態，但平凡的臉上卻充滿生動表情，他想瀟灑時，舉手投足間就會散發出一股讓人說不出所以然的帥氣。

當然，他想嚴肅時，神經大條如穆丞海，也不敢在他面前嘻皮笑臉。

「我們從最基本的喜怒哀樂開始吧！」

林正司說著的同時，歐陽子奇拿起DV退至角落，已經開始拍攝，留下還在狀況外的穆丞海不知道該做什麼，與林正司大眼瞪小眼。

本來林正司上課時喜歡讓氣氛處在比較輕鬆愉悅的狀態，他相信，對沒有演戲經驗的新手來說，越是輕鬆的氣氛，越能讓他們發揮內在潛質。

但此次會這樣如臨大敵，除了史蒂芬導演對穆丞海演技的誇張描述外，還有後者第一天上課就遲到的態度，都讓他擔心無法在有限的時間裡，處理好穆丞海的問題。

「來，聽從我的指示，喜！」

雙手依舊環抱在胸前，但林正司的表情柔和許多，學生通常會不自覺地看著他的表情做出演技，他如果笑的話，沒有一點實力的人，還真的很難在他面前演出難過的神情。

「丞海，你這是皮笑肉不笑。」

稍微扯動嘴角，笑意卻沒到達眼裡，臉部顯得僵硬萬分，看起來要笑不笑的。

倒是遠處的歐陽子奇在看見穆丞海的表情後，忍俊不住，輕笑出聲。

伸手搓揉著穆丞海的臉頰，林正司將語調再放輕，「心裡想著會讓你覺得開心的事，像是得獎啦……或者中樂透……來，再試一次看看。」

林正司厚實的雙手好像有魔力一般，從掌心透出來的溫暖，讓穆丞海放鬆不少。

「丞海，你這個表情叫諂媚……情緒再收一下……收過頭了，表情又嚴肅起來了……來，再來一次，放鬆……」

帶笑的神情，越來越溫柔的語氣，林正司一步步引導穆丞海，「喜上眉梢，喜上眉梢，要讓喜悅的感覺充斥臉部……丞海，不要挑眉！」

「吼！不是說喜上眉梢嗎？」所以他才讓喜氣到達眉毛啊！有喜氣，自然心情愉悅輕快，讓眉毛跳個兩下，又不對了？穆丞海沒好氣地瞪著林正司。

不是他想抱怨，但是怎麼這個教演技跟攝影棚那個帶戲的，全都一個樣，明明就照著指示了，還是這不行，那不行的。

「Good，這個表情很好！來，再表演一次，怒，生氣吧，盡情地生氣吧！」

穆丞海的表情突然又是一僵。

人總是這樣的，平常想生氣的時候生氣，完全不需要指導，氣勢自然十足，但是當要刻意演出那種感覺時，卻又覺得彆扭萬分，非常不自在。

「好……不急不急，慢慢來。」

這幾分鐘的時間，林正司已經可以確定史蒂芬形容的一點也沒有誇大，這個男主角的問題真的很嚴重啊！如果要在短短一週內讓他到達演出電影的基本水準，這可能是他林正司教人演戲數十年來，最大的一項挑戰。

又嘗試了一些方法，耗去大半天時間，林正司不得不承認，第一天的教學，他徹底投降了！只好先放也已經混亂的穆丞海回去休息，自己再重新擬定訓練計畫。

課程結束後，在一旁拍攝了整堂課的歐陽子奇，操作著DV，回顧剛才所拍到的片段，嘴角保持著上揚弧度，完全降不下來。

「還撐得住吧？」當穆丞海腳步蹣跚地來到他身邊時，歐陽子奇問著。

穆丞海乾笑兩聲，擺擺手，算是回答。

「需要我送你回去嗎？」

「你忙吧，我自己回去就可以了。」穆丞海回絕了他的好意，他現在想要慢慢散步，好好放空一下，「對了，你說要用這些畫面製作的MV，歌名是什麼？」

「還不確定。」歐陽子奇收起DV，隨他一同走到門口，「不過大概就是『口是心非』、『我的內心非我表現的那樣』或是『發瘋』這一類的歌名吧。」

「喔……這樣啊……那我先回去休息囉。」

「嗯，路上小心。」

往前走了兩步，穆丞海才突然想通歐陽子奇那些歌名的意思。說的好聽，什麼「口是心非」，這根本是在諷刺他的演技，想演的跟實際演出來的有落差嘛！

穆丞海咬牙轉身，瞪了歐陽子奇一眼，後者早已經笑得無法自已。

「靠——」要不是他累得想趕緊回家，他一定會痛揍子奇！

第二天，林正司特地排開其他學生的訓練，把時間都留給穆丞海。

他發現穆丞海對認定的事實有著根深蒂固的執著，幾乎聽不進別人的說法，本來愉快的對談，最後幾乎以向穆丞海洗腦演戲的觀念做結。

第三天，為了讓穆丞海體會劇中父親的角色，林正司跟朋友商借一名出生還未滿一歲的嬰兒，交給穆丞海照顧，想誘發出他體內的父愛。

整日下來，小嬰兒哭了，穆丞海怒了，嬰兒的母親慌了，林正司的心臟則快停了，訓練教室一團亂。

接下來三天，林正司再也不敢冒險，回歸最基本、最安全的訓練方式，在教室裡陪著穆丞海慢慢揣摩角色情緒及基本演技。

最後一天，看著還在對著鏡子做出喜怒哀樂練習的穆丞海，林正司有感而發地長嘆一聲。

他看過很多明星，長相好看，訓練過後演技也很好，說話語氣、動作表情幾乎無法挑剔，但是在戲劇界打滾多年，卻怎麼樣也紅不起來。

原因很簡單，他們缺乏聚焦的魅力。

少了這種特質，演技再精湛，也都過於匠氣，觀眾或許會暫時被吸引，但也膩得快。

穆丞海不同，他的表情很生動，情感的表達也很豐富，身上帶著某種自然、純真且閃閃發亮的魅力，可惜表情老是用錯地方，林正司對他真的有一種恨鐵不成鋼的遺憾。

「小老弟，歇一歇吧，別練了。」走到他身旁，也學他大剌剌地直接坐在地上，林正司拍拍穆丞海的肩膀。

「大哥，時間緊迫，不練不行啊！」

穆丞海手裡拿了臺DV，認真觀看著歐陽子奇那天拍攝的影片，這使他瞭解原來自己的表情在旁人眼裡看起來是如何。

如果是上課第一天就看到，他可能會要小楊哥拜託何董，乾脆違約吧！

好險他在經過演技指導後，總算有點進步了。

自從某次林正司發現穆丞海對武俠片有種莫名的狂熱後，兩人就一直以大哥和小弟互稱。在這種拱手作揖、兄來弟去的互動中，穆丞海似乎比較容易進入演戲氣氛，讓林正司教起來順利不少。

「最後一天，大哥想要把演戲的獨門心法告訴你，助你有朝一日打通任督二脈。」

「喔！什麼心法？」

「演戲不見得事事都要親身經歷……」

「大哥。」穆丞海揚手打斷林正司，「這個史蒂芬導演第一天就已經告訴過我了。」

無奈地攤了攤手，顯然這個心法對他沒用，否則現在也不會耗在這裡了。

「嗯。」林正司點點頭，「但是經過這一星期的觀察，大哥要告訴你，你不適合用想像力去揣摩角色。」

「那我該怎麼做？」

「第一個心法，先把自己放空，別把自己的經驗套用在角色上頭。」

不可否認，穆丞海是一個很用功的人，做了很多事前準備，只是完全搞錯方向，甚至還常因此會錯意。腦中灌滿對角色的想法，反而聽不進他人的建議。

「放空？」這心法聽起來怎麼有點怪……

「你先把這點記在心裡，有一天你會懂大哥在說什麼的。」

「好吧！還有其他的嗎？」

「嗯，第二個心法，永遠不要刻意演戲。」林正司意有所指地說。

穆丞海一頭霧水。不要刻意演戲？意思是要他亂演嗎？這比第一個心法更詭異了！

「總之，記起來就是了，有一天你會懂的。」

「大哥，有一天是哪一天啊？」

怎麼講話這麼玄，所有要讓徒弟出關的師父都這副模樣嗎？他是不急著弄懂這些心法啦，但就怕史蒂芬導演等不下去……

「等那一天到了，你想不開竅都不行。」

「卡！」返回拍攝行列的第一天，史蒂芬的頭又開始痛了！

他是沒指望穆丞海能有多大進步，但也別讓演技課看起來都像白費一樣啊！

像這一幕，一個將兒子護在身後，應該勇敢面對流氓的父親，穆丞海就顯得畏縮，氣弱許多。

「丞海，你要無懼地面對這些流氓的挑釁啊！」

「我……我知道……」穆丞海下意識地伸手想去握掛在胸前的項鍊，撲了個空後，才想起來現在是戲中裝扮，項鍊早就拿下來了。

他當然知道這一幕要表現出勇敢的樣子，但是，他現在真的打從心底感到害怕，無法壓抑地顫抖。

他畏懼的不是流氓們，而是掛在帶頭老大肩上、那個臉上血淋淋的女鬼！

穿著制服短裙的青春高中女生血流滿面的畫面，說有多驚悚就有多驚悚，而且她掛在流氓老大的肩上也就算了，可不可以別把頭歪成那種奇怪的角度，還對著他笑啊！

他知道自己被鷹架壓出了陰陽眼，原本以為是醫院鬼多，到處見鬼很正常，出院後應該就會沒事。想不到才平靜幾天，竟然撞鬼撞到攝影棚來了！

早知道他就先去廟裡求個平安符，也不用像現在這樣，盯著對方看也不是，避開她的眼神也不是，還要擔心那個女鬼有什麼不良企圖。

「丞海……沒事吧？」見他盯著流氓老大，臉色一陣青一陣白，史蒂芬關心地問，擔心他是不是頭部的傷勢復發。

一場戲拍到鷹架倒塌，已經夠考驗他的心臟了，萬一男主角又突然出事，他怕之後再也沒有人敢接演他導的電影。

「導演……我……突然有點頭昏不舒服，今天可以早點回去休息嗎？」

考慮半天，穆丞海決定還是先溜為妙，史蒂芬見他那臉色蒼白的模樣，當然不敢拒絕，立即停止拍攝。

如獲大赦，穆丞海倉皇收拾完東西，馬上不見人影。

掏出感應卡，確認指紋，再按下數個密碼後，厚重典雅的大門才嗶一聲開啟。

穆丞海摸黑走進，伸手按了電燈開關，柔和的光線頓時照亮，他換上室內拖鞋，往沙發上一躺，發出舒服的呻吟。

自出院後，為了追上整體拍攝進度，他沒日沒夜的連趕幾天戲，已經有好一段時間沒回家了，今天還是拜那女鬼所賜才能逃回來休息，否則又只能利用時間在片場那硬到不行的休息躺椅上小憩了。

同樣好幾天沒回家的歐陽子奇，則是按照慣例，只要是寫歌期間，就會搬到他老家在郊區的別墅閉關。

有錢人的生活就是令人羨慕，光是這個城市，子奇他們家就有好幾棟房子，更不用說他老爸習慣在全球有分公司的國家都買屋置產。而且，每棟別墅全都有專門的管家、傭人，讓他好羨慕啊！

不像他自己一個人在家，就算累到快動不了，想喝東西，還是得乖乖爬起來。

拖著沉重的腳步走到廚房，穆丞海自冰箱拿出一瓶冰涼的啤酒，一口氣就喝掉半瓶，頓時復活不少，再走回沙發窩著，他拿起劇本開始翻讀。

「老闆，我真的很需要這份工作……」隨口念著臺詞，穆丞海不是很帶勁，細長的眼眸半瞇，睡意漸漸襲了上來。

「在練習臺詞啊？」

「對啊，明天要拍的部分……」咦？不對啊，誰在跟他對話，他不是一個人在家嗎？嗯……應該是聽錯了……

穆丞海不以為意，半夢半醒間繼續念著臺詞：「沒有這份工作，我兒子會跟著挨餓……」

「你這副有氣無力的樣子，哪個老闆願意把工作給你？」

像是要證明穆丞海沒有幻聽，一個年輕女生的聲音再度傳來，接著一綹黑色長髮自他頭頂緩緩垂至面前。

迷濛中，穆丞海竟缺少警戒心的往上頭一瞄，一個血淋淋的面孔就在離他不到十公分的距離，倒掛著，還咧嘴朝著他笑。

穆丞海迅速逃到餐桌旁，整個人完全清醒過來。

媽啊！這不是片場那個高中生女鬼嗎？怎麼跟到家裡來了！

抖著手在身上口袋慌張摸著，穆丞海終於找到一個玉珮，馬上舉在手裡對準那名高中生女鬼。

「妳妳妳……別過來……我有避邪的護身符！」

女鬼從天花板上降下，回到頭上腳下的姿態，只是脖子歪著的角度依舊沒變，看起來非常驚悚詭異。

「喔！這個呀，夜市有賣，一百元一個。」她笑了起來，慢慢朝穆丞海逼近。

什麼？一百元一個！虧他還特地繞去那家很多藝人都推薦的古玉店，花了好幾萬塊買的，竟然是騙人的假貨！

沒關係，他在路上經過一間廟，順道進去求了張符，穆丞海現在不禁佩服起自己的未卜先知來

「喔！這個是陰廟的生財符，請鬼搬錢用的，你倒是可以點火燒燒，我直接幫你搬。」

女鬼越飄越近，穆丞海已經退到牆邊，無路可跑了。

「我跟妳無冤無仇，何必這樣纏著我呢？妳要紙錢的話，我多燒一些給妳，還是要什麼手機、汽車、洋房，沒關係，妳儘管說，我一定全部燒……」

阿彌陀佛……阿彌陀佛啊……

「對啊！我跟你無冤無仇，你幹嘛這麼怕我？」女鬼停了下來，一手抱胸，一手撐著下巴，歪著頭不解地問。

噢！更正，她的頭原本就是歪的了……

「我、我說……鬼小姐啊，妳現在的樣子，誰看到不會怕？」本來想叫她自己照照鏡子，但是他實在沒膽開口，天知道她見鬼的到底能不能在鏡子照出自己的影像。

「也對啦！」骨子裡也只是個高中生而已，女鬼俏皮地吐了吐舌頭。別裝可愛啊！一條舌頭快吐到下巴的模樣，實在怎麼看也可愛不起來！

突然，女鬼一個轉圈，駭人的模樣已不復見，取而代之的是一張清秀可愛的臉龐。

「妳既然能變模樣，幹嘛還要用血淋淋的樣子嚇人啊！」穆丞海抱怨。

「這又不能怪我，誰叫我是給車子撞死的，死相當然不會好看到哪去，改變樣子很耗靈力的耶。不過這樣你就不怕了吧！」

「好……好一點了……妳到底跟著我幹嘛？」

「來看你練習呀！不過，說實話，你的演技真的很爛耶！」

她的興趣是看戲，在她死掉前，就常設法溜進那間攝影棚看人家拍戲。連她車禍的原因都是急著去追星造成的，死掉後依舊在攝影棚裡徘徊。

看過那麼多明星，穆丞海真的是演技最爛的一個！

「喂！我演技爛關妳什麼事！」畢竟對方的模樣沒那麼嚇人，穆丞海的膽子就跟著大了起來。

讓「人」批評演技爛已經夠沒面子了，更何況是讓「鬼」批評！一股無名火頓時升了上來。

「喔喔，惱羞成怒啊！你演技爛是不關我的事，但是我很好奇你到底有沒有在練習，所以跟來看看囉！」當鬼很無聊，她沒事找事做。

「好奇？我看妳是有什麼不良企圖吧。」穆丞海自戀地笑了起來，「高中生迷戀偶像不是都妄想投懷送抱？妳愛上我才跟來的吧！」

反正他就是不允許別人質疑他的魅力跟能力，就算對方是鬼也一樣。

「愛上你？」這人算哪根蔥啊！現在的偶像都是草包，怎麼跟她崇拜的那些實力派演員相比！

不過，鬼也有禁不起激的。

只見那名女鬼半瞇起眼，伸出舌頭舔著嘴唇，一副非常好色的模樣，「對啊，我好愛你喔！愛你愛到跟來家裡……」說著便作勢要親穆丞海。

沒料到對方會來這招，穆丞海想逃跑，但無奈背後是一堵牆，他只能眼睜睜地看著那名鬼小姐的唇瓣，慢慢貼上他的……

Chapter 6

有些人絕對不能惹，更正，有些鬼也是

就在四片唇瓣快貼上之際，鬼小姐突然重心不穩往前一倒，就這樣直接穿過穆丞海的身體。

穆丞海先是一愣，在發現鬼小姐根本碰不到他，也無法侵犯他時，便囂張地笑了起來，「哈哈哈！還好，貞操保住了！」

聽見穆丞海白目至極的笑聲，鬼小姐怒瞪著他，見他完全沒有要停止譏笑的打算，她掄起拳頭朝穆丞海揮了過去，又是直接穿透他的身體，這下穆丞海完全沒有顧忌了。

看來鬼小姐除了用長相嚇人外，根本動不了他一根汗毛嘛！

標準欺善怕惡型的穆丞海，將雙手放在嘴邊，用力往左右一拉，吐出舌頭，朝鬼小姐扮鬼臉：「咧咧咧！來追我啊！」

說完，就和鬼小姐一人一鬼，在客廳繞著沙發追逐起來。

途中，穆丞海好幾次故意放慢腳步，讓鬼小姐追上來，任由她攻擊，反正她再怎麼拳打腳踢都會直接穿透，他還不時扭動著身體挑釁，玩得不亦樂乎！

下一刻，大門突然被打開，當歐陽子奇走進來時，看見的就是穆丞海站在沙發前扭屁股，還發出恐怖笑聲。

「你一個人在家發什麼神經？」歐陽子奇突然覺得自己不該回來，「終於拍戲拍到瘋了嗎？」

「子、子奇……」穆丞海趕緊將還舉在空中搖擺的雙臂放下。

「史蒂芬還滿厲害的，跟你合作拍戲竟然沒瘋，倒是男主角自己先瘋了。」

久違的毒舌頓時讓穆丞海好懷念，他飛奔至歐陽子奇面前，「怎麼回來啦？歌曲做好了？」

「離我遠一點……」歐陽子奇下意識將穆丞海一把推開，身體搖搖晃晃的。

穆丞海這才注意到好友的臉色很白，眼睛下方還有明顯陰影，連忙伸手撫上他的額頭。

天啊，真燙！

熬夜寫曲，歐陽子奇已經好幾日沒闔眼，剛剛跑了趟錄音室拿東西，過冷的空氣立刻讓他身體不適，回程車開到一半就頭暈起來，心想應該撐不到郊區的房子，索性先回來這裡休息。

「你在發燒！」

「我知道……」歐陽子奇沒好氣地回答。

他就是因為發燒才會回來休息，雖然聽說笨蛋不會感冒，他還是不想讓病毒有機可乘，所以得離海遠一點。

「我送你去醫院吧。」那熱度不是開玩笑的！

「不用，睡一下就好了。」

歐陽子奇搖搖晃晃地往自己房間走去，瞧見他移動的方向，穆丞海突然慘叫一聲！

「子奇！」

鬼小姐就站在歐陽子奇行經的路上，在他慘叫的同時，兩個人的身體已經互相交錯。

只見鬼小姐在穿過歐陽子奇身體時突然不見蹤影，正當穆丞海納悶時，歐陽子奇緩緩轉身，臉色一變，朝穆丞海陰惻惻地笑了起來。

……附身？不會吧！

歐陽子奇朝穆丞海走來，冷不防一拳打在他腹部上，痛得穆丞海齜牙咧嘴，悶哼一聲，倒在沙發上。

「哼，這下可打到你了吧！」君子報仇三年不晚，這句話同時適用在鬼身上，尤其她還不用等三年，此時更加得意。

「妳……」穆丞海掙扎著想要爬起來，結果被快一步壓回沙發上，雙手遭箝制，兩人形成一上一下的姿勢。

只剩眼睛和嘴巴可以自由活動，穆丞海努力瞪大雙眼，怒視著附在歐陽子奇身上的鬼小姐，「妳想幹嘛就衝著我來，不要拖子奇下水！他在發燒，誰知道這樣被妳附身會不會出事！」

「我是衝著你來呀！只不過得借這個身體一用……嘿嘿！」

穆丞海陽氣太旺，她想附身還附不上去，正煩惱要怎麼辦呢，剛好來了個氣虛的男人，真是天助她也。

「妳、妳想幹嘛？」看她臉露出使壞的表情，穆丞海暗叫不妙。

不公平啊！他只有一個人，再怎樣也比不過一人加上一鬼，掙脫不了箝制，穆丞海只好拚命叫著歐陽子奇，想把他喚醒。

「子奇，你醒醒啊！」

「省省力氣，他已經進入休息狀態了，你叫不醒他的。」

「呵……哈哈……休息了啊……那妳也快去休息吧！時候不早，大家都早點休息……」穆丞海陪著笑，真是囂張沒落魄的久，前一刻他還在逗著對方玩，下一秒自己就變成被玩的對象。

「放心，鬼不會累，不用休息，倒是剛剛沒完成的事，可以繼續了。」說著，鬼小姐壞心地笑了起來。

噢，拜託，別用子奇的臉笑啊！那傢伙的臉雖然憔悴，但還是帥到一整個天怒人怨、魅力十足……等等，都這節骨眼了，他到底在胡思亂想什麼！

「剛剛沒完成的事……要打也讓妳打了，鬼小姐妳行行好，放過我吧！」識時務者為俊傑，穆丞海完全不顧尊嚴的求饒。

「這怎麼行，我可是『愛』上你，追你追到家裡來，準備投懷送抱的女高中生啊！」說著，她緩緩低下頭。

再一次，穆丞海只能眼睜睜地看著對方的唇瓣貼向他，只不過這次沒有穿透過去，歐陽子奇薄而好看的唇，結結實實地印在穆丞海唇瓣上。GOOD！……該死，多了一個O，是GOD！他竟然被男人吻了！不，是被一個附身在男人身上的鬼給強吻了！

不管是男人還是鬼，都一樣糟啊！

穆丞海瞪大雙眼，死命地掙扎，親就親，幹嘛還伸舌頭！看那鬼小姐越吻越投入，一副不想罷手的模樣，該不會他的貞操要不保了，而且……對方的身體還是歐陽子奇！

誰來救救他吧！

一隻手撫在額頭上，觸感略顯冰涼，剛好降低他現在過高的體溫，舒服極了，穆丞海閉著眼漾開滿足的笑容，還伸手握住那臨時冰枕。

「你要抓著我的手傻笑到什麼時候？」

聽見問話，穆丞海困難地睜開眼，就見歐陽子奇已經穿戴整齊，坐在床邊，饒富興味看著他，一隻手還被自己緊握著。

「你醒啦？還在發燒嗎？」穆丞海開口，發現自己的聲音沙啞得可怕，喉嚨像有把火在燒似的，全身痠痛。

默默抽回自己的手，歐陽子奇起身，先丟了件乾淨的衣服給穆丞海，然後走到櫃子前，開始翻著瓶瓶罐罐，「在發燒的是你。」

昨晚就叫他離遠一些的，不聽，這下好了，他睡醒之後燒退了，換這笨蛋發燒！

任由衣服躺在自己臉上，穆丞海全身無力，連動一下都懶，更別說坐起來穿衣服。意識到自己裸著身，他不禁打了個寒顫，昨晚的記憶頓時全回到腦袋裡。

和鬼小姐折騰了整晚，被親被舔被摟被摸，還外加衣服被扒個精光，有幾條命都不夠這樣玩，當下真是欲哭無淚，求救無門啊！

幸虧在關鍵時刻，房內仿雞啼的鬧鐘適時響起，歐陽子奇突然身體一軟，倒在他身上，著實讓穆丞海鬆了好大一口氣。

嘿嘿，原來雞啼聲從鬧鐘出來，跟從公雞嘴裡出來有同樣的功效啊！

當初夏芙蓉送他這個鬧鐘當生日禮物時，他還覺得滿爛的，這會兒竟然變成救命寶物，有機會他可要好好答謝對方。

然後，他使盡吃奶力氣，死拖活拖，才把歐陽子奇弄到床上。想不到子奇看起來瘦歸瘦，還滿重的，一趟下來累得穆丞海也跟著虛脫，直接倒在旁邊睡了過去。

「還不穿衣服，是等人家服侍嗎？」手裡多了杯溫開水及藥丸，歐陽子奇走回床邊，抬腳踢了踢還賴著不動的穆丞海，這小子要是敢直接回答他「是」，他就直接把人踢下床。

發出幾句小聲抱怨後，穆丞海才坐起身，用蝸牛行動的速度將衣服穿好，接著又任由地心引力作用，倒回床上，緊閉雙眸。

「別裝死，這裡有退燒藥，先吃下再睡。」

「不要！我討厭吞藥丸！」吞十次藥丸有九次會卡在喉嚨不上不下，比生病還難過，他才不要自找罪受。

很好，敢這樣討價還價。歐陽子奇耐著性子，將水杯及藥丸放在小茶几上，再度走回櫃子前翻找著。

「糖漿可以嗎？」

「不要！」

想也沒想就回答，穆丞海在床上耍賴著，徹底實踐「生病的人最大」這句話。

看來智商低的人，生了病不只智商更低，還會變幼稚。

「穆丞海。」

「睡一下就會好了啦。」子奇昨天也是這樣說的。

見歐陽子奇半晌沒再說話，穆丞海以為自己戰勝了，正準備躺回去繼續睡覺時，冷不防下巴被捏住，柔軟的唇瓣跟著覆上，甜中帶苦的糖漿順勢流進嘴裡。

怎麼回事？鬼小姐還沒走嗎！

驚恐地張大雙眼，穆丞海想掙扎，在看見歐陽子奇警告意味濃厚的眼神瞪著他時，才放心下來。

呼，還好，那是子奇的眼神，沒被附身……不對啊！既然沒被附身，幹嘛還這樣餵藥！

擔心是附身留下的後遺症，穆丞海趕緊吞下糖漿，險些嗆到。

餵食完畢，就見歐陽子奇優雅地抽起面紙擦拭嘴唇，一副沒事的樣子，還不忘挑釁地看向穆丞海。

——怎麼？有感覺啊？

——你他媽的見鬼才有感覺！

該死！他就算見鬼也不想有感覺！穆丞海忍不住瞪了好友一眼，恨透歐陽子奇那種每次都用眼神說話的神情，糟糕的是，自己竟然看得懂。

就算歐陽家作風洋派，想吻就吻，這也是歐陽家的事，別把他拖下水啊！他可是一個保守的純情少男呢，穆丞海心裡嘀咕。

「我還得回去寫歌，你先休息吧，我會打電話叫小楊幫你向劇組請假，順便過來照顧你。」拿起外套，歐陽子奇笑得很得意。

「去去去，快滾！」說完，穆丞海把頭埋進被子裡，假裝什麼事都沒發生。

吃了感冒糖漿，又大大地睡上一覺之後，穆丞海就沒事了，甚至還打算去片場報到。

「都跟劇組請一天假了，怎麼不多休息，急著上工？」專心注視前方路況，楊祺詳疑惑。

「電影當然是越早拍完越好，要是子奇寫完歌，我卻還在拍戲，耽誤到錄製專輯的時間，有幾顆腦袋都不夠他砍。」

受到歐陽子奇影響，穆丞海可是相當重視專輯製作的，「倒是對小楊哥不好意思，還麻煩你過來照顧我。」

「哇，天要下紅雨啦！穆丞海竟然向別人道謝！」楊祺詳表情誇張地揶揄道，末了還趁紅燈暫停的時間，歪著頭探向車窗，查看天空是否下雨。

「去！說得好像我多沒心沒肺似的。」

戳著小楊哥的腰際，兩人笑鬧起來。

直到車子在攝影大樓前停妥，楊祺詳才恢復正經叮嚀。

「多注意自己身體，我在這等你收工，要是不舒服，馬上打電話給我。」

「小楊哥，不必等我啦！你去忙你的事吧，我會照顧好自己。」就算是經紀人，小楊哥也替他付出太多了，況且他又不是小孩子。

「不行，你身體剛復原，我不放心，快去吧！」

「唔，好吧，那待會兒見囉！」拗不過，穆丞海只好妥協，留下楊祺詳一個人在車內，邁步往攝影棚走去。

「你！」

才剛將私人物品放妥，穆丞海就聽見一聲氣憤的叫喚，他轉身，嘖嘖，又是那個騎腳踏車的小男孩！

「喂，上次弄倒鷹架的帳我都還沒找你算，竟然還敢跑來？」這小鬼是吃了熊心豹子膽嗎，敢這樣對著他大呼小叫！

真是人善被人欺，看來今天不給那小鬼一點教訓不行了。

「你到底要破壞我幸福的生活到什麼時候？」

小男孩一副泫然欲泣的模樣。

「我破壞你幸福？小鬼，你要摸著良心說話啊，到底是誰破壞誰幸福！」弄個鷹架壓他，把他生活搞得一團亂，他才是被破壞幸福生活的人吧！

「你這個大壞蛋，我要你付出代價！」小男孩轉頭看向一旁的道具，「我要破壞這些東西，讓你不能順利拍戲！」

「小鬼，別鬧了！」眼見小男孩就要衝去破壞道具，穆丞海趕緊伸手想拉住他，卻遲了一步。

一個玻璃杯霎時摔成碎片，穆丞海和另外兩名女性工作人員當場呆愣住。

「小、小美，妳剛剛有看見嗎？」

「那個玻璃杯……妳是不是也看到了……它自己飛起來，然後摔在地上……」

「啊啊啊！」兩個女生同時尖叫起來，拔腿就跑。

穆丞海，則是盯著自己的手半晌，才又驚訝地抬頭看向小男孩。

他剛剛明明抓住那個小鬼的手，卻……穿過去了！天啊，原來那個小鬼真的是小「鬼」，不是人啊！

「哼！」小男孩朝穆丞海吐著舌頭，然後也轉身跑離攝影棚。

「嘖嘖……」穆丞海搖搖頭，他還以為醫院撞鬼，攝影棚撞鬼，已經稱得上精彩，結果搞了半天，他根本是一開始在山道上就遇到鬼了！不行，再這樣下去，他真的別想安靜過日子。

「趙老師，是這樣的，我好像被鬼纏上了……」

約十幾坪大的工作室，擺滿水晶、羅盤、掛畫，還有幾具神像，被稱做趙老師的中年男子，手裡燃上一炷香，念念有詞，接著又點燃一張黃符紙，在穆丞海四周晃動，弄了半天，才在他對面的椅子坐下。

「我知道，你一進門，我就看見『祂』跟在你背後。」

哇，看起來這個王製作介紹的老師，好像真有兩下子，不知道能不能順便把他的陰陽眼封起來。

「趙老師，有辦法把她請走嗎？」瞄了一眼這陣子老是跟著他，還跟到這來的鬼小姐，穆丞海附在趙老師耳邊，小聲的說。

「有，魂飛魄散。」趙老師閉著眼睛，搖頭晃腦思考好一段時間，才吐出這幾個字。

「魂飛……魄散！」呃，不用做到這麼絕吧！

他之所以想把那個鬼小姐攆走，也只是因為不想被鬼跟著。幾天相處下來，他知道那個鬼小姐其實沒惡意，單純只是愛看電影拍攝，雖然偶爾會出奇不意現出原形嚇他，但也只是好玩而已。

要把對方弄到魂飛魄散，他還真不忍心。

「趙老師，沒有其他的方法嗎？」穆丞海為難的問。

「有，超渡。」

趙老師睜開比例看起來過小的眼睛，嚴肅的臉上堆起笑容，「不過……費用比較高一點。」

「錢不是問題，趙老師，那就麻煩您快點處理了。」能超渡就好辦啦！

「這事……急不得。」

趙老師搖搖手，「要做法事，得先準備一些東西，需要……」五指張開，在穆丞海面前停住。

「喔，要先付錢是吧，沒問題，這裡有五千……」穆丞海意會過來，才想掏錢，又被趙老師制止。

「不，是五萬。」

「五萬！」好吧，如果花五萬塊就能渡化那個鬼小姐，也算功德一件。

穆丞海還沒開口，趙老師以為他在猶豫，又繼續遊說：「這個男鬼跟著你，是希望你供養『祂』，侍奉好的話，『祂』會保佑你發大財。」

「男鬼？」挑高好看的眉毛，穆丞海狐疑地問。

「嗯，『祂』其實是你的祖先，子孫供養祖先，天經地義，只要五萬塊……」

穆丞海再度看向鬼小姐，後者笑盈盈地回望他，還裝可愛地把手點在自己臉頰上，「他說我是你祖先耶！哈哈，叫聲奶奶來聽聽！」

閉嘴！穆丞海咬牙切齒地示意，朝天空翻了道白眼，接著轉頭看向趙老師。

「趙老師，我突然想到還有點急事，我們改天再談好了。」他起身要離開，趙老師連忙拉住他。

眼見到手的肥羊要跑了，趙老師不死心繼續鼓吹，「其實，還有別的辦法，燒些東西過去，念念經文，只要三萬就成了。」

「謝謝，就算免費，我也不、需、要！」

穆丞海氣呼呼地走了出去，後面還跟著笑得很開心的鬼小姐。

折騰大半天，終於拍攝完今天的進度，穆丞海在所有人都離開後，再度回到攝影棚，準備好好和鬼小姐談一談。

「出來吧。」

無奈地坐在導演椅上，穆丞海朝著略顯陰暗的空間喊著，一道倩麗的半透明身影隨即出現。

鬼小姐輕快地來到他面前，配合他的高度，不假思索地蹲了下來，過短的制服裙遮不住大好風光，露出白色底褲。

「曝光了啦！」別開眼，穆丞海好心提醒，卻換來對方一陣咯咯笑聲。

「反正我們都已經進展到親嘴的地步，不怕你看。」鬼小姐倒是很落落大方。

「妳還敢說，當鬼這麼小心眼，那天不過激妳一下，竟然就拿子奇的身體來報復，害我發燒，休養大半天才痊癒。」

「對不起嘛！所以後來我就沒跟去你家啦。」雖然明知會穿過去，鬼小姐還是伸手戳了戳穆丞海的膝蓋，「你今天怎麼會留下來陪我聊天？」

一句話讓穆丞海記起原來的目的，他離開導演椅，也學著鬼小姐蹲下，「打個商量，以後拍戲時，妳可不可以別出現？」

「為什麼？」看拍戲是她的興趣耶！

「因為，進度已經落後很多了，要是妳再繼續鬧場，我怕就算再拍一年也拍不完。」重點是，他絕對等不到一年後才殺青，歐陽子奇會先拿刀砍了他。

「喂，你說這話有欠公允，進度落後是因為你演技爛，怎麼賴到我頭上來？」攏著頭髮，鬼小姐回擊道。

「我那不是演技爛，是你們不懂得欣賞。」他拍戲之餘還抽空去找老師討教演技，幾日下來，連老師也稱讚他有進步，這年頭去哪找像他這麼上進的明星？

「演技爛就演技爛，一堆理由。」

充滿威嚴的聲音環繞在偌大的攝影棚裡，氣勢十足，穆丞海和鬼小姐同時轉頭，就見昏暗的空間中又多了一名女鬼。

「豔青姐！」鬼小姐飛撲上去，熱絡的和那名女鬼打招呼。

對方看起來大約三十幾歲，一件飄逸的洋裝襯托出絕佳氣質，長髮在頭上盤成整齊的髮髻，風姿綽約，臉蛋雖然屬於嫵媚豔麗類型，卻又有著不怒而威的氣勢。

「小桃，不用跟這朽木多費唇舌，朽木就是朽木，再雕也雕不出個花樣來。」現在是怎麼樣，所有的鬼都要跑出來說他演技爛嗎？穆丞海的臉色陰晴不定，難看至極。

「聽這位小姐說得煞有其事，妳懂演戲？」要比毒舌是吧，來就來，他有子奇長期薰陶，說得過他的還沒幾個咧！

「不會吧？」小桃露出驚訝的神情，「你不認得豔青姐？虧你還是演藝圈的一員，嘖嘖！」

「不認得她很稀奇嗎？」穆丞海用鼻子哼著氣。

「當然，豔青姐是第二屆到第七屆『金鶴獎』蟬聯六屆的最佳女主角，拍過無數精彩的戲劇及電影，你竟然一副聽都沒聽過的樣子！」

「第二屆到第七屆？都過二十多年了，就算當時被稱為精湛的演技，現在也算老派了吧。」二十年前他毛都還沒長幾根，怎麼會認得當時的演員？

「老派？」

千萬記住，別在一個女性面前提到「老」字，就算對方是鬼也一樣。

豔青姐朝穆丞海走近幾步，伸手鬆開髮髻，飄散的頭髮飛舞起來。

「為什麼不放棄？都已經這麼多年了，就算我一直傷害你，你還是執意要我回去你身邊……

「你說，你能給我……我要的幸福嗎？讓我能無所顧忌地站在鎂光燈下，接受眾人的愛戴與支持，享受如雷的掌聲……你能嗎？」

她的神情突然變得哀傷，看著穆丞海的眼神深邃，不只有怨懟，還透露出一絲絲期待。

穆丞海記得，這是「豔陽」最後一幕戲，對方突然一字不漏地說出茱麗亞的臺詞，著實嚇了他一大跳。更讓他震驚的是，對方的演技，竟深深吸引著他……

「該你了，說話啊！」等了半天沒回應，豔青姐不耐地吼了一聲，瞬間脫離原本溫柔婉約的模樣。

不過厲害的是，當穆丞海開始對戲後，她馬上又回到劇中的悲傷神情。

「我、我雖然不能給妳表、表演的舞臺，讓妳接受眾人的愛……愛戴與……支持，享受如、如雷的掌聲，但……但是我能給妳……一個溫暖……溫暖的避風港，讓妳在疲累的時候……可以依靠……」

呼，說完了，他終於把臺詞說完了！

穆丞海大口喘著氣，短短幾秒鐘的對戲，竟然讓他有經過一世紀的錯覺。與豔青姐對戲的壓力，是他前所未見的，連享譽國際的實力派女演員茱麗亞・艾妮絲頓，都沒有這種幾乎令他快窒息的壓迫感。

「小子，還不承認你演技爛。」豔青姐雙手抱胸，鄙視萬分地看著穆丞海，「演戲啊，可不是只有念完臺詞而已。」

撫著布滿汗水的額頭，穆丞海心想——天啊，他好像真的遇到了不起的人物了！

Chapter 7

被鬼纏與犯小人同樣糟糕

口罩、鴨舌帽、圍巾、高領線衫、皮褲、及膝長風衣，最後再戴上墨鏡遮住黑眼圈，穆丞海全副武裝，快步走在醫院長廊上，轉了幾個彎後，在一扇診間的大門前站定，略拿低墨鏡看清楚板子上寫著「精神科」三個字後，他深吸一口氣，開門而入。

「醫生，我有陰陽眼。」在椅子上坐定，穆丞海神情緊張。

昨晚他徹底體會到什麼叫做得罪鬼的下場，那個女高中生小桃口中的豔青姐，在被他說演技老派後，硬是纏著他對了整晚的戲。

等她終於過癮，願意放他走時，天已經亮了，他也累到快翻白眼了，再這樣下去，他鐵定英年早逝。

「穆先生……」醫生翻閱著穆丞海的病例表，「你前陣子頭部受過創傷，可能因此留下幻覺和幻聽的後遺症，建議你先做一下腦部檢查……」

「不是幻覺！」穆丞海氣憤地拍著桌子，打斷醫生的話，他不想再像個傻子，見鬼全被當眼花。

「別激動，穆先生。」醫生和氣地解釋，「你的情況，以前也出現過不少案例，人的腦部非常神奇，只要刺激某個部位，就會覺得自己真的看到東西，一般人俗稱的陰陽眼，其實就是這種現象。」

「你今天早上出門忘記餵貓，牠正在家裡挨餓，到處亂闖找東西吃，不小心碰掉客廳的清朝古董花瓶，你回家看到後別太傷心；咖啡加一匙糖就好，否則你的糖尿病會更難控制；晚上沒值班就早點睡，不要每次都拖到一、兩點；還有，A片少看一些。」

穆丞海揉著發疼的太陽穴，語調平板但快速地說完，停頓一會兒後，繼續補充，「對了，剛剛忘記說，小貓叫『花蒨』，念起來像花錢，有破財的感覺，還是換個名字吧。」

錯愕地看著穆丞海，醫生下巴差點沒掉下來，但怎麼說也是讀過書的高知識分子，瞬間恢復鎮定，沉下一張臉。

「穆先生還兼職當偵探？」口氣有些諷刺。

「這些都是你媽媽說的。」不，他覺得自己現在比較像兼職當靈媒。

「穆先生，這個笑話不太好笑，家母已經去世一年多了。」

穆丞海指著醫生背後，「她現在正站在那。」

他本來也不想說這些的，但打從他一進來開始，那個婆婆就一直比手劃腳，嘰嘰喳喳地要他幫忙傳話，如果不搭理她，穆丞海實在擔心，離開這裡後，會不會又多個鬼跟著。

「你母親說，你上國中還會偶爾尿褲子；偷偷寫過一篇情書給三年七班的黃筱蓮；晚上睡不著會賴著媽媽，要她唱『白鷺鷥』給你聽；還有，她嫁妝的那只鑲鑽手環，埋在家裡後院左邊數來第三棵樹下，她往生前來不及告訴你，要你回家後去把手環挖出來。」

「我媽媽……真的在這裡？」連小時候的事都一清二楚！這下醫生不得不相信了。

「媽媽！」醫生突然抓著穆丞海的手，激動地哭起來，「我好想妳啊！來不及見妳最後一面，我一直很自責……」

「你媽媽在你背後，別握著我的手哭！」使力抽回自己的手，穆丞海警戒地將椅子往後拉開一些距離。

原本是來求助醫生，結果最後竟變成他在中間當醫生與他母親的溝通橋梁，穆丞海著實覺得哭笑不得，就這樣陪著他們母子對談一個多小時，醫生才肯放他離開。

「穆先生。」醫生站起身，感激地緊握穆丞海的手，「今天真的非常謝謝你。不過，你的狀況，我想醫院可能無法給予什麼協助，或許去一趟廟裡，或是找一些宗教大師，對你會有幫助。」

「呃……我知道了，謝謝。」誤闖陰廟，還差點被神棍騙錢，他真的覺得現在自稱什麼天師、老師的，都只是出來斂財的傢伙。

「咦，小楊哥，你怎麼在這裡？」

從精神科診間出來，穆丞海順道繞去當初阿伯往生的病房緬懷他，才剛要離開，就撞見同樣退出病房的楊祺詳。

這間加護病房裡頭住的，不是護理長說的那個出車禍的小孩嗎？小楊哥怎麼會從裡面出來？

「喔，我來探病。」楊祺詳的神色有些憔悴，「你呢？怎麼會來醫院？」

「我來看阿伯。」

發現小楊哥對於這個話題非常驚恐時，穆丞海馬上轉移話題，「小楊哥，這間加護病房裡，不是一個出車禍後一直昏迷不醒的小孩嗎？」

「你怎麼知道？」楊祺詳面露驚訝。

「我聽護理長說的。小楊哥，那小孩是你的親戚嗎？」

穆丞海沒有設想太多的問題，就見楊祺詳猶豫半天，長嘆一聲後，才吐出一句差點沒嚇死穆丞海的話。

「那是我兒子。」

什麼？兒子！小楊哥什麼時候有個兒子的？而且還出車禍變成植物人……呸呸！他在烏鴉嘴什麼，小楊哥的兒子一定會醒過來的。

「怎麼沒告訴我們這件事？」穆丞海皺眉，要工作還要分神照顧昏迷不醒的兒子，小楊哥一定很累吧。

「你們要忙的事已經夠多了，何況這是我的私事，講了只是讓你們多操心而已。」

楊祺詳早就習慣默默扛起責任，對他而言，MAX就跟他兒子一樣，需要別人照料。嚴格說來，他花在MAX身上的心思更甚於兒子，才會讓兒子單獨騎腳踏車閒晃，發生車禍。

「加護病房的費用不低吧，小楊哥的經濟狀況還撐得住嗎？」他突然覺得自己之前老是纏著小楊哥，使喚他幫忙東跑西跑的，非常要命！

「沒問題啦！」楊祺詳拍著穆丞海的肩膀，「就是怕你們這樣客氣，我才瞞著不想說。要是真的有困難，我一定會跟你們開口，OK？請穆丞海先生放一百個心吧。」

「哈……好啦，小楊哥，你的兒子，一定長得很可愛吧。」試著讓沉悶的氣氛輕鬆一點，穆丞海聊起楊祺詳的兒子來。

「是啊，佟宇真的很可愛，我找找……有了，這就是我兒子，楊佟宇。」小楊哥說著，從皮包裡翻出一張精心護貝的照片。

穆丞海接過手，才一瞧，馬上倒抽一口冷氣。

這相片上穿著灰色無尾熊裝，笑得可愛燦爛，騎在腳踏車上對著鏡頭比 YA 的小男孩，不就是他撞到的小鬼嗎?上次他在攝影棚裡還穿過他的身軀……穆丞海暗叫不妙！

那小鬼，不會是往生了吧？

拍攝完今天的進度，等工作人員都走光後，穆丞海又不知不覺被小桃留住，等到他意識到時，又已經淪落到讓林豔青盯著他練習演技的局面。這模式已經重演了好幾次，儘管每次上工時他都提醒自己要抓準時機開溜，卻都以失敗收場。

「這段。」豔青姐指著劇本，「你念念看。」

「喔……」穆丞海湊上前去，看著豔青姐手指的段落念道，「這個生日禮物爸爸非常喜歡，謝謝你，但是看到童童把錢花在禮物上，自己卻挨餓，爸爸會捨不得，爸爸寧可不要這個禮物，也要看到童童過得幸福。」

「放感情！」一把薄木片製成的扇子，扎扎實實敲在穆丞海頭上，發出清脆聲響。

「吼！很痛耶！」雙手搓揉著頭頂，穆丞海嘟嘴抱怨。

他實在不懂，明明小桃就碰不到他，為何同樣是鬼的豔青姐卻可以？真不公平，搞得他現在頭痛死了。

第一次發現這現象時，他曾經傻傻地詢問對方，結果豔青姐笑得花枝亂顫。

「因為我當鬼當久了，道行高啊！」

聽到這個回答時，穆丞海氣得不想再追問細節，跟一個愛計較又有自戀傾向的鬼互動，根本吃力不討好。

「前半段，『這個生日禮物爸爸非常喜歡，謝謝你。』這句，你的表情不夠高興，語氣又太過雀躍，兩邊調換一下，再試一次看看。」

「等等，我有問題！」穆丞海認真詢問，「為什麼不乾脆表情跟語氣一樣，都表達出非常高興的情緒就好？」

「笨！」扇子又要往他頭上敲，這次穆丞海反應快，躲過一劫，「這叫做層次。」

層次？又不是穿衣服，還講求層次咧！

見他一臉不受教的樣子，豔青姐惡狠狠地瞪他一眼，朽木果然是朽木，她這麼用心雕琢，到底是為誰辛苦為誰忙？

「好好好，層次，層次。」舉起雙手求饒，縱使也是滿腹委屈，但礙於對方氣勢，穆丞海只得憋著，他根本沒有主動要求留下來排戲啊，完全是豔青姐強迫中獎。

「知道了還不寫上去？你記憶力很好嘛！」

是不錯呀！穆丞海只敢在心裡嘀咕。

「後半句也順便寫一下，『但是看到童童把錢花在禮物上，自己卻挨餓，爸爸會捨不得。』，寫上『心疼』及『眼眶帶淚』。」

「這裡就要帶淚？那下一句怎麼辦？『爸爸寧可不要這個禮物，也要看到童童過得幸福。』這句帶淚不是更好嗎？」

「好你個大頭！這句要帶笑，淚中帶笑！」

有沒有這麼複雜啊！才一段話，前後就要經過開心、帶淚、再淚中帶笑？臉部不會抽筋嗎？

硬著頭皮，穆丞海將臺詞再念一遍，並且把豔青姐指導的情緒加入，只是後者看完後依舊搖頭。

「你在演神經病嗎？」口氣還算平靜，但接著一個深呼吸，「沒人叫你把這些情緒分隔得這麼明顯！中間接得自然一點！」

震耳欲聾的吼聲響徹雲霄，穆丞海趕緊摀住耳朵。

「唉，教你演戲，還真的沒有不發火的人耶！」小桃在一旁說著風涼話。

「又沒人要妳們教……」

「你再說一次！」

「沒事，沒事……」再吼，都耳鳴了，「啊，我有事要找那個小鬼，先走了！」

眼尖地瞄見那個騎腳踏車的小鬼進入攝影棚，穆丞海動作迅速地跑走了。這還是第一次，他多麼開心能看見那個小鬼！

「喂，小鬼！」穆丞海邊跑邊喊，但對方似乎沒聽見，自顧自地往門口移動，穆丞海只好再度大喊，「楊佟宇！」

小男孩停住腳踏車，先是一愣，才緩緩轉頭，「你怎麼知道我的名字？」

「你爸爸告訴我的。」來到楊佟宇身旁，穆丞海順了順自己的氣，才又開口，「我們聊聊。」

「我跟你沒什麼好聊的。」轉身想要離開，楊佟宇顯得悶悶不樂，與平常見到穆丞海就氣憤不平的模樣大相逕庭。

「你怎麼了？看起來心情很糟。」發現對方的異樣，穆丞海關心問道。

自從知道他是小楊哥的兒子後，穆丞海的態度便有了一百八十度的轉變，畢竟小楊哥平常那麼照顧他們。

「不用你管！反正，這也不是我第一次自己過生日了……」

「今天是你生日？」習慣性伸手想要去搓揉對方的頭髮表達安慰，但想到自己碰不到對方，只好作罷，「生日快樂啊！」

「謝謝。」楊佟宇還是開心不起來。

「你在難過小楊哥沒有去陪你？」糟糕，穆丞海突然想起來，小楊哥還在停車場等他！

這幾天楊祺詳擔心穆丞海的身體狀況，堅持開車接送，並且隨時在停車場待命，而他因為被豔青姐纏著練習，離開攝影棚的時間越來越晚，甚至今天他還忘記小楊哥在等！

「佟宇，其實小楊哥不是不去陪你，是因為我的關係，他還在停車場……」像做錯事的小孩被抓到，穆丞海心虛承認。

如果小鬼要把怒氣發洩在他身上，他也無話可說，最怕他誤會小楊哥，造成父子間的嫌隙。

「我知道。」可能是氣過頭後變得心灰意冷，楊佟宇出乎意料的平靜，「爸爸向來關心你的事比關心我多，連媽媽都被他氣跑，我還能計較什麼。」

「呃，小楊哥只是比較敬業罷了。」天啊，竟然連老婆都氣跑了！

穆丞海終於明白，為何這小鬼每次出現時都要怪自己破壞他的幸福，如果他也有個這樣的老爸，總是工作不見人影，心情也會同樣悶吧！

而且，小鬼有件事還真的說對了，和小楊哥合作這麼久，他竟然連他有個兒子這麼大的事都不知道，他果然只看得到自己。

「沒有經紀人當成他那樣的，我已經死心啦。」擺了擺手後，楊佟宇踩著腳踏車，往前進了一些。

「對了，小鬼！」望著他的背影，穆丞海突然想起一件事，連忙追上，「你這模樣在外頭晃，不會是……已經掛了吧？」

「你才掛了咧！」沒好氣地回嘴，楊佟宇不耐地解釋，「我只是靈魂暫時離開身體，就是人家說的『靈魂出竅』啦！」

「不對啊，我第一次看到你時是在山道上，當時我可還沒被鷹架壓出陰陽眼，為什麼我會看得見你？」

「可能是我對你的怨恨太深吧，巴不得你看得見我，願望就成真了！」楊佟宇一副學大人的樣子，故做瀟灑地聳聳肩。

「既然沒死，幹嘛不回去身體裡？小楊哥很擔心你耶！」

「我知道爸爸很擔心我。」楊佟宇低頭，聲音越說越小，語帶哽咽，「可是，如果沒有發生車禍，爸爸根本不會注意到我。我昏迷了，爸爸才會抽空去醫院陪我。」

他已經受夠了以前那種放學回家後，只看得到紙條跟電話留言的生活。

「你這個笨蛋！」穆丞海走到楊佟宇面前，蹲下身來，與他平視，「我跟你保證，你回去身體裡後，我一定每天盯著小楊哥，要他準時下班回家，也不會再叫他東跑西跑，幫我做事了。」

以前他是不知道小楊哥還有兒子，以為他單身，一個人回家也是無聊，所以才找事情給他做。現在知道了，當然就不會那麼白目。

「對了，以後小楊哥工作時，你在家覺得無聊的話，也可以跟來。」

楊佟宇睜大雙眼看著穆丞海，因為他的話驚訝不已。突然間，他開始覺得穆丞海是個好人，對他的好感一點一滴累積起來。

「嗯，我會回去，不過在這之前，讓我再做一件事。」

「什麼事？」會比回到身體，清醒過來還重要？

「幫你練習演技！」

楊佟宇心想，如果不幫幫他，讓這部電影順利殺青，就算他醒來，也要面對一個整日擔心不已的爸爸。

「小鬼，你說的幫忙練習演技，就是把我推入火坑？」瞇著好看的眼眸，穆丞海睨向楊佟宇，腳步呼應他此刻的心情，像生根般定住，一點也不想往前。

「豔青姐真的很厲害啊！有她指導你演戲，還需要擔心什麼？」楊佟宇天真地回答，只是明眼人一看就知道他是裝的。

「還在發什麼呆？時間很多啊？快過來！」等得不耐煩，豔青姐再度大吼，穆丞海又是一陣耳鳴。

「好啦，來了來了。」不情願地走過去時，穆丞海不忘送給楊佟宇一個白眼，「我以為你會希望我趕快回家，好放小楊哥去陪你。」

想不到他發善心替這小鬼著想，對方竟然恩將仇報，把他拐回來攝影棚繼續接受豔青姐的荼毒。

「我剛剛確認過，爸爸在車上睡著了，你也不忍心叫醒他吧？」

好哇，搞了半天，這個眼裡只有爸爸的小鬼，根本是一心為著自己老爸安排，連他的性命安全都能罔顧，小楊哥呀小楊哥，你兒子的心好毒啊！

「穆丞海！」

「是——」鬼差索命都沒她那麼急，豔青姐不只脾氣差，還出奇地沒耐性。

「聽好，我現在要幫你分析一遍所有臺詞，哪個地方該用什麼情緒、口氣，你給我仔仔細細地抄在劇本上！」

「所有臺詞?!」那他今天還要不要睡啊？

「還敢有意見，抄完後回去給我用心練習，你要是敢毀了這部電影，我一定讓你吃不完兜著走！」

隔天早上。

穆丞海拖著疲憊的身軀，慢慢走入攝影棚，原本憔悴的俊容在看見站在史蒂芬身旁的蔣炎勛之後，變得更加難看。

「丞海，你來啦，這位是蔣炎勛。」史蒂芬・墨本熱情地為他介紹，「飾演歌手的那位演員在家摔斷手，還好炎勛願意接替這個角色。」

「阿海，好久不見，你又變得更帥氣了！還好鷹架倒塌的意外沒有傷到這張好看的臉蛋，否則對偶像明星來說，演藝生涯可能就毀了。」蔣炎勛上前給了穆丞海一個擁抱，親暱的表現像是他們非常熟稔。

「好說，你也變得更意氣風發啦！瞧你那春風滿面的模樣，看來跟那個甜心名模處得不錯嘛！」穆丞海也堆起笑容回應，挑著對方最近的八卦下刀。

蔣炎勛笑得更豪氣，太陽穴卻隱隱抽動，「那不過是記者亂寫的報導罷了，哈哈……」

「你們認識？那太好了！我還擔心炎勛剛加入劇組，跟大家不熟會容易緊張，丞海你陪炎勛聊聊吧，我先去安排下一場戲的前置。」

史蒂芬・墨本整個鬆了口氣，在兩位年輕人肩上輕拍兩下後，踏著愉悅的步伐離開，留下暗地裡較勁的蔣炎勛和穆丞海。

見導演走遠後，蔣炎勛轉身自包包裡拿出兩瓶運動飲料，旋開其中一瓶的瓶蓋，遞給穆丞海，「都從音樂領域來到電影拍攝，我們也就別再針鋒相對，重新開始，好好相處吧！敬你。」

旋開自己的運動飲料，主動和穆丞海手中的保特瓶輕碰後，蔣炎勛仰頭就直接喝了半瓶。

「好，也敬你。」要重新開始就重新開始吧，他也不是那麼會記恨的人。

穆丞海跟著乾脆地仰頭喝掉半瓶。

「不打擾你，我先去練習囉！」擺了擺手，蔣炎勛笑盈盈地離去。

「搞什麼！」導演不是要他們兩個多聊聊？雖然他也不知道該怎麼和平地跟蔣炎勛聊，但說要重新開始的人，喝口飲料又急著離開，太沒誠意了吧！

嘀咕了幾句，穆丞海沒太在意，餘光看見楊佟宇來到攝影棚，他不著痕跡地向他揮了揮手，惹來那小鬼一陣白眼。

穆丞海隨即快步進入休息室，利用化妝師上妝的期間拿出劇本研讀。

昨晚被豔青姐逼著寫上一堆註解，他現在看到這些臺詞就頭大，每一段都像是有個千斤頂壓在腦袋上。

半晌，揣摩臺詞揣摩到快閉起眼睛昏睡，工作人員終於前來通知開拍，邊舒展身體，穆丞海邊走進拍片現場，而蔣炎勛已經在場中就定位。

「攝影機準備，燈光！五、四、三、二、一，Action！」

「Love is nothing……」在悠揚的鋼琴伴奏下，蔣炎勛開始演唱。

動聽的歌聲，連穆丞海都心生讚許，更不用說其他工作人員，全聽得如癡如醉。

唱現場耶！不愧是蟬聯三屆最佳男演唱的歌手，即使是電影拍攝，也完全不用配唱的方式，堅持親自上陣。

這一幕戲，敘述的是穆丞海來到茱麗亞駐唱的PUB，本來是要央求她回去，卻發現茱麗亞和新歡蔣炎勛兩人在臺上親密共舞，於是穆丞海帶著嫉妒、懊悔及懷恨的心情，在觀眾席說出一連串臺詞後，氣憤離去。

歌曲進行到間奏，蔣炎勛伸手摟住茱麗亞的細腰，兩個人隨著音樂輕搖起舞，接著，穆丞海往前走了幾步，攝影機配合他的位置開始拍攝。

「妳……」穆丞海想開口說出臺詞時，卻發現喉嚨死緊，聲音粗啞到他都懷疑那根本不是自己的，「妳……」

開口又閉口，連著嚥了好幾次口水，穆丞海即使再努力嘗試，還是無法找回原本的聲音，他有些不知所措起來。

這是怎麼回事？他的聲音怎麼突然變得這麼可怕……

這段時間他並沒有吃喝什麼……等等，該不會是那瓶運動飲料！

蔣炎勛竟然耍這種陰招！虧他還相信對方，不疑有他地喝下，結果竟然著了對方的道。

自己真是蠢斃了！進入演藝圈這麼久還不懂提防人心！更過分的是，罪魁禍首還在臺上接受眾人崇拜的眼光，這口氣他怎麼嚥得下！

穆丞海半瞇著眼眸怒瞪蔣炎勛，除了懊悔自己的無知之外，更多的是對蔣炎勛的憤恨。

想直接衝上去痛毆對方一頓，但又礙於無直接證據，強忍下來的情緒，在臉上顯露無遺。

「導演……」見穆丞海連一句臺詞都說不完整，場記見怪不怪地翻著白眼，但讓他納悶的是，為何史蒂芬導演遲遲不喊「卡」。

「讓攝影師繼續拍。」史蒂芬的表情若有所思，隨後，他淡淡揚起一抹微笑，繼續指示攝影師，「特寫丞海的臉部，每一個表情都要帶到。」

雖然不明白穆丞海為何講不出臺詞，但那變化萬千的表情，實在太精采了！

這，才是他心目中的男主角啊！史蒂芬・墨本握緊拳頭，如獲至寶地緊盯著穆丞海。

從一開始的驚訝，再是心痛、懊悔、憤恨不平，到最後想殺了對方，卻又隱忍下來的神情，呈現出豐富的情感。如此複雜，卻又變化得行雲流水，穆丞海什麼時候學會這種演技的？

一旁觀看的楊佟宇也發現穆丞海的異樣，但他曾看到穆丞海喝下運動飲料，立即聯想到發生什麼事，同仇敵慨的怒視蔣炎勛，最後更沉不住氣地往臺上走去，一腳踢向收音器。

砰一聲，收音器的架子應聲倒下，突如其來的意外嚇得蔣炎勛連忙跳開，拍攝也被迫中斷。

穆丞海怒氣未消地又瞪了他一眼，轉身直接回休息室，正好接上劇中自己在這一幕的結束動作。

「OK！卡！」直到穆丞海離開，史蒂芬才指示攝影師暫停拍攝，接著處理現場的混亂。

「導演，要把丞海叫回來嗎？」說不出臺詞就算了，竟然還耍大牌，說離開就離開，有沒有把導演放在眼裡呀？

「不需要，讓他去休息吧，他的部分已經拍好了。」史蒂芬的心情看起來很好。

「拍好了？」場記納悶，「可是臺詞……」

「沒關係，臺詞的部分最後再配音就好，連同炎勛的演唱部分一起。」說完，史蒂芬舉起雙手拍了兩下，下達指示，「該就定位的就定位。炎勛，準備拍攝演唱後半段！」

Chapter 8

「為了進步可以不擇手段！」宣告此話前請謹慎考慮

休息室裡，穆丞海沉著臉，直視著鏡中的自己，不語。

事實上，就算他想說話，也發不出聲音，只能生著悶氣，氣蔣炎勛的小人，更氣自己的愚蠢。

不知道過了多久，等聲音慢慢恢復後，他的心情才跟著好一些。

幸好蔣炎勛只是讓他暫時發不出聲音，如果那是一瓶可以毒啞他的飲料……穆丞海打了個寒顫，卻不是害怕自己再也無法開口說話，而是想到子奇。如果他再也不能唱歌，還是因為這種愚蠢的原因，子奇鐵定會宰了他！

伸手拍拍臉頰，穆丞海要自己振作起來。

想到剛才說不出臺詞，還什麼都沒交代就離開，這個舉動在外人看起來會有多大牌啊！史蒂芬應該氣炸了吧。

硬著頭皮，穆丞海走出休息室，準備去向史蒂芬及工作人員道歉。

沒走幾步路，就聽到兩名工作人員交談的聲音，從道具室半掩的門後傳來。

「小美，妳還記得我們上次看到杯子憑空飛起來摔破那件事嗎？」

原來是那天目擊靈異現象的兩個女生。穆丞海停下腳步，側著頭繼續聽。

「當然記得啊！這麼恐怖的事，我怎麼可能忘得了。」

「其實，今天收音架突然倒下，我也覺得很詭異。當時蔣炎勛跟茱麗亞明明離收音架有段距離，跟杯子自己摔破的事情，妳不覺得有關連嗎？這個攝影棚，是不是鬧……」

「噓——」小美突然驚恐地制止對方，「別說出來，會把『祂』引來。」

「祂？所以……真的有鬧……喔？」硬生生將「鬼」字吞下，人總是這樣，好像不說出那個字，鬼就不會出現。

「妳不知道嗎？這個攝影棚曾經死過人！」

「死過人？我怎麼不知道……」

「二十年前，聽說有一個很有名的女演員，在這個攝影棚拍戲時突然心臟病發，送到醫院前就斷氣了。從那時候開始，就陸陸續續聽到這個攝影棚發生奇怪的現象。」

穆丞海挑挑眉，二十年前……莫非她們講的人是豔青姐？

「所以上次穆丞海受傷的事情也……」

「應該是吧，聽說那個女演員生前脾氣就很不好，老是對著工作人員及演藝圈的後進頤指氣使，是那種又任性又大牌的大小姐。」

這個形容真貼切啊！牽動著嘴角，穆丞海無聲地笑了起來，不過笑容沒有持續多久，接下來傳到他耳朵的話語，又將他的心情打入地獄。

「說到這個，妳不覺得穆丞海也越來越大牌了嗎？唱歌能聽，戲卻演得不怎麼樣，今天還直接掉頭走人耶！」

「我猜可能跟蔣炎勛有關。他們上次爭奪最佳男演唱人獎，應該就有很深的瑜亮情結，今天蔣炎勛又在現場唱得那麼好聽，穆丞海才會惱羞成怒。」

「嘻嘻，有可能耶！說實話，我本來很支持穆丞海的，可是今天聽到蔣炎勛唱歌，突然覺得他沒得獎，實在太可惜了。」

自我厭惡地低咒一聲，原本想去跟導演道歉的穆丞海，再度心情低落地走回休息室。

「那個小子到底要消沉到什麼時候！」伸手指著還在休息室裡耍自閉的穆丞

海，豔青姐再度發飆，只是連吼好幾聲，穆丞海還是充耳不聞，連眉毛都沒動一下。

「豔青姐妳就別生氣了，今天發生這種事，也難怪丞海哥心情不好。」楊佟宇在一旁打圓場，連原本喜歡鬧著穆丞海玩的小桃也跟著幫腔，要豔青姐息怒。

「這種事怪得了誰？別人拿東西給他喝他就喝啊？那小子再低能也要有個限度，這麼無知還能在演藝圈裡混到現在，真的是老天偏心，那叫奇蹟！」

其實豔青姐也不是故意要吼穆丞海，頂著六屆最佳女主角的光環，她不知道明著暗著遭到多少算計，演戲圈的險惡她可是最清楚的人，就是因為如此，關心則亂，她心疼這個小子太過單純，一點都不懂得如何保護自己的心情，全部化成責備，脫口而出。

「我沒有怪誰，都是我自己的錯。」終於脫離石化狀態，穆丞海站起身，卻依舊一副要死不活的樣子，他邁開步伐走向聚集在休息室門口的這三隻鬼，「讓你們擔心，對不起。」

道完歉，穆丞海繼續往外頭前進，豔青姐急忙喊住他。

「小子，你要上哪去？今天還沒練習！」氣急敗壞地飆到穆丞海面前。

「豔青姐，你就讓丞海哥休息一天吧！他這樣子，勉強練習也練不出什麼結果。」楊佟宇拉著豔青姐飄逸的長裙，連忙幫腔。

「心情不好，那是你自己的事，不要把情緒帶到工作上！」豔青姐伸出好看的手指著他的鼻尖，「休息一天？以為時間還很多嗎？這部電影打算拍三年是不是？」

「今天不練，明天也不練了……」穆丞海語不驚人死不休地再度開口，終於抬起頭，對上豔青姐的眼神卻如死灰，「我不想練了……」

「你打算半途而廢？」語調微微上揚，顯示豔青姐的怒氣在爆發邊緣。

她教戲教到快吐血，每天一個頭兩個大都沒說要放棄了，倒是他這個不受教的朽木膽敢先說不想學，當真以為她當鬼很閒，沒事找事做才來教他演戲的是吧！要不是看他還有一點資質，拍的電影又是「豔陽」，她理他咧！

「反正我再怎麼練習也沒用，天生不是演戲的料，不要浪費大家的時間。」

「穆丞海，你再給我說一遍試試看！」豔青姐終於氣炸，對著穆丞海大吼，「我只聽過給鷹架壓到會弄傷頭，還沒聽過喝個飲料也會燒壞腦袋的，你是給蔣炎勛下符了嗎？

「你是很難教沒錯，演技爛，情緒理解也有很大問題，但我這一陣子辛苦教你，就算沒有功勞也有苦勞吧？不感激我就算了，還給我說放棄就放棄，我真的會被你氣死！」

豔青姐絕對是那種一生起氣就口無遮攔的類型，一段話數落下來，句句刺耳，也讓本來就容易激動的穆丞海升起一把火來。

「我有叫妳教我嗎？自己莫名其妙跑來強迫我學演技，搞得我每天沒法好好睡，既然我演技爛，就不要把期待放在我身上！」

賭氣吼完，穆丞海跟豔青姐都沉默下來，彼此互瞪著，誰也不讓誰，末了，豔青姐舉起手，指向門口，咬牙切齒。

「走！你要走就給我快走！不想學……好，老娘也不、想、教！」

「哼！」負氣一哼，穆丞海頭也不回地離開攝影棚。

在家睡了一覺，早上醒來，穆丞海還有種不知身在何處的錯覺。躺在床上，回想昨晚發生的事，他開始為自己說的話後悔起來。

說起來，他雖然容易被別人的舉動影響而消沉，但天生樂觀的個性使然，情緒低落不了多久。只是昨天發生的事正好刺激到他在意的點，累積多日的壓力瞬間爆發出來，才會跟著口無遮攔地向豔青姐發脾氣。

梳洗過後，先撥了通電話給小楊哥，要他多休息，不用再跟前跟後顧著他，再獨自駕車來到林正司的練習教室。

比約定時間早到半小時，他拿出劇本開始研讀，打發時間。

「小老弟，今天吃錯藥啦？」林正司大老遠就看見穆丞海，難得沒遲到，又沒賴在地上補眠，讓他有些訝異。

「我看看……哇！這劇本上頭密密麻麻的註解，都是你寫的？」林正司接過劇本，認真地研究起來，「嘖嘖，不得了，要是『豔陽』有什麼演戲的祕笈，這本絕對是上上之作。」

「大哥，我是不是真的很糟糕啊？就算拿著這本寫滿註解的劇本，我的演技表現還是差勁得可以，連我自己都汗顏。」

昨天差點失聲的事他還餘悸猶存，但更打擊信心的是，連在演技上他都輸給蔣炎勛。

「這不像你喔！之前那個自信滿滿的小子跑哪去了？」林正司打氣地揉揉穆丞海的短髮，「以前我就說過，這種分析臺詞的方式不適合你，你看完演技沒進步很正常，說實在，我還擔心你看完後演技會退步哩！」

林正司俏皮地眨眨眼睛，穆丞海被這樣一逗，心情確實好多了。

「大哥，我一直有個疑問，史蒂芬導演安排的課程明明早就結束，你為什麼還要大費周章，這麼辛苦地額外幫我加上演技課，我聽經紀公司說，你根本沒收學費。」

「這個啊——」林正司戲劇性地拉長語氣，十足吊人胃口，穆丞海忍不住跟著他起伏，原本隨口問問的話題，現在卻很期待聽到答案。

「因為『豔陽』。」本來不想說，怕給穆丞海造成壓力，但想想電影拍攝也快接近尾聲，一段時間相處下來，林正司深知這個年輕人看起來雖然不太穩重，嘴裡老愛嚷嚷東、嚷嚷西的，但面對挑戰，還是有著一股堅強萬分的能力。

尤其，穆丞海身上偶爾會不經意地散發出一種光芒，讓林正司湧出想好好栽培他的念頭。與其拿待雕琢的木材或原石來比喻他，還不如說他像水，裝在任何容器裡，就是任何形狀，千變萬化，耀眼澄澈。

缺點是，要固定形狀也很難。

「豔陽？」穆丞海不解地看著林正司。

「其實，這次史蒂芬拍攝『豔陽』，雖然是影史上的第一個版本，但這部劇本，早在二十幾年前就已經完成，而且曾經嘗試開拍過一次。」

「二十幾年前……」這數字，穆丞海突然有股莫名的熟悉感。

「嗯，劇本的原創人，正是我的妹婿，柯岳宏。」回憶起當年，林正司心裡就有無限感慨，「我妹妹和她丈夫一直非常恩愛，當岳宏完成作品，找齊拍攝的資金後，當時我那頗負盛名的妹妹，也二話不說就排開其他戲劇邀約，接演女主角的位置，本來應該要造成轟動的電影，卻在拍攝初期就發生意外。」

林正司點起一根煙，放進嘴裡吸了幾口，接著停頓不語，任由裊裊煙霧薰瞇他的眼睛，「我妹妹她啊……在片場心臟病發，送醫不治。」

又吸了幾口，林正司才捻熄香煙，多年後再度提起，免不了覺得哀傷，但他其實已經淡然許多，「岳宏在我妹妹去世後傷心過度，一病不起，直到去年因為癌症過世，臨終前他將這劇本託付給我，希望我能讓它拍成電影問世，了卻他和我妹妹的心願，所以我才動用關係，找了史蒂芬幫忙。」

越聽越不對勁，穆丞海將所有線索拚湊起來，二十幾年前，死於心臟病發，當時極富盛名的女演員……

「大哥……你妹妹，叫什麼名字？」

「她啊——」林正司驕傲一笑，「叫做，林豔青。」

收工後，工作人員相繼離去，只剩穆丞海獨自在休息室裡來回踱步，神情緊張不安。

今天來到攝影棚，史蒂芬不只沒有針對昨天的事責備他，還整日對他笑盈盈，顯然心情很好。

穆丞海探聽過後，戲不用重拍，只要找時間配音就行，這對他來說著實是個好消息，令他鬆了口氣，雖然他完全不清楚到底怎麼回事。

他現在會如此忐忑，完全是因為聽完林正司的一番話，讓他意識到「豔陽」這部電影對豔青姐有多重要。

遺作耶！還是沒拍完的那種，難怪豔青姐會對這部電影這麼執著。

而他不只沒將電影拍好，還和好心教他演技的豔青姐大吵一架，現在想來，他真是個天殺的混蛋！

穆丞海想去求豔青姐原諒，卻在休息室猶豫了很久。該怎麼開口？豔青姐願不願意再見到他？這些都是問題。

「船到橋頭自然直——」自言自語打氣一番。

再煩惱下去似乎也沒用，穆丞海深呼吸後，下定決心，走出休息室。

空蕩蕩的攝影棚，在人去樓空後，只剩幾盞緊急照明用燈還亮著，綠綠黃黃的光線讓偌大的空間顯得更加陰森詭異。

幾天下來，穆丞海已經習慣這種感覺了，但此刻的緊張，害怕面對盛怒的豔青姐等等接踵而來的情緒，讓他不得不屏氣凝神，汗毛直豎。

「豔青姐……豔青姐……妳在嗎？」逡巡著四周，穆丞海躡手躡腳地走著，活像個進來偷竊的小偷，「豔青姐……豔……啊！」

穆丞海一轉身，就見林豔青陰氣逼人地貼在他身後，距離不到十公分，慘白的臉加上凌亂披散的長髮，活脫脫就是電影裡常會出現的厲鬼樣。

「叫魂啊！」林豔青沒好氣地瞪了他一眼，飄向導演椅坐下，恢復原本的整齊清秀。

呼！這樣看起來好多了。

「你還來幹嘛？」

「請豔青姐教我演戲呀！」穆丞海走到林豔青面前蹲下，連忙堆起笑容，神情有些諂媚。

「不是不想學嗎？」林豔青別過頭去，不想看他。

昨晚還在耍少爺脾氣，今天就來求她，這麼沒骨氣！要是連她都輕易點頭，願意再教他，就是換她沒骨氣了！

「其實，我今天在林正司大哥的演技教室，聽說妳的事了……」觀察著林豔青的反應，見後者微微一愣，表情軟化許多，穆丞海接著說，「對不起啦，豔青姐，我不知道這部電影對妳這麼重要，請妳再教我演技，好嗎？」

「你是正司哥的學生？」矜持半晌，林豔青才轉過頭來。

「嗯啊！我從電影開拍就跟著大哥學演技，學一陣子了。」

「正司哥是我大哥，不是你的，別叫得那麼親密！」林豔青拿出木製扇子，以迅雷不及掩耳的速度敲上穆丞海的頭，後者慘叫。

好懷念啊！豔青姐的手勁依舊，扎扎實實的一下，痛得穆丞海眼眶泛淚。

見他的模樣，林豔青心情愉悅，咯咯笑起來，「原來世界上還是有正司哥教不會的學生啊！」

那也難怪她教半天，穆丞海都沒長進，連當初教她演技的大哥都沒輒了。

「其實，大……」在看見林豔青投來的殺人眼神後，穆丞海趕緊改口，「正司老師也沒有教我什麼演技，只說了兩個心法。」

「心法?什麼心法？」

「很玄的，什麼『先把自己放空，別用自己的經驗套用在角色上頭』。」

「就這樣？」

「喔，還有一個，『永遠不要刻意去演戲』。」

林豔青突然若有所思地低頭沉默起來，半晌，她朝著空無一人的走廊大叫：

「我懂正司哥的意思了！小桃、佟宇，你們兩個快出來幫我！」

「豔青姐，妳再說一次……」穆丞海的神情有些呆滯，腦袋因為聽到的話而暫時呈現當機狀態，如果他沒聽錯，豔青姐剛剛說的是……

「我要附你身！」

「附身！」穆丞海如觸電一般向後退了好大一步，隨手抓起鐵椅擋在他與林豔青之間，「豔青姐，妳這到底是想幫我……還是想害我？」

他雖然不清楚被附身後會留下什麼後遺症，但穆丞海更擔心萬一豔青姐還在記恨中，附在他身上後就帶著他去死，那他不就虧大了！

「囉哩囉唆，是男人就乾脆一點！佟宇，你來當丞海兒子。小桃，妳來當女主角。」林豔青指揮著。

「有什麼話我們好好說，何必附身呢？」

穆丞海試圖為自己的生命安全做最後掙扎，但僅是換來林豔青嚴厲地一瞪，顯然他說再多都只是白費力氣而已。

「豔青姐，好歹妳也告訴我附身的理由吧！」既然林豔青完全沒有理會當事人意願的打算，穆丞海只好放棄掙扎，但就算要死，也別讓他死得不明不白啊！

「你聽好，分析臺詞，你也記不住，演給你看，又模仿得不像，最好的方法，就是我附你身，然後帶著你實際演一次，讓你體會角色在當下的心情與感覺。」

這個靈感來自於林正司的兩個心法。林正司早就看透穆丞海對於角色的分析能力非常薄弱，無法真正理解角色的想法，所以要穆丞海別用自己的經驗套用在角色上。更重要的是，穆丞海只要刻意去演戲，反而會讓角色變得不倫不類，還抹煞掉自己原本的特質。

林豔青相信，最好的方法，就是讓穆丞海直接變成他所演的角色，實際體會角色的心情。

「好，你閉上眼睛，放鬆心情，我要上囉！」

局勢發展根本不容得他說不，穆丞海只好認命地閉上雙眼。

起先一陣陰冷的空氣靠近他，在感受到豔青姐貼上他時，穆丞海忍不住打了個哆嗦，胃部突然湧起噁心感，頓時頭昏腦脹起來。

強忍著不適，穆丞海睜開雙眼，他看見自己伸出手，撫摸著楊佟宇的臉頰。

「這個生日禮物爸爸非常喜歡，謝謝你，但是看到童童把錢花在禮物上，自己卻挨餓，爸爸會捨不得。爸爸寧可不要這個禮物，也要看到童童過得幸福。」

溫柔的語氣，連穆丞海自己都覺得不可思議，他感受到自己臉部的肌肉變化，即使看不到，他也知道自己此刻的神情一定看起來十分慈愛，才會讓楊佟宇覺得不可思議地瞪大雙眼。

另一個讓他更訝異的變化是，從豔青姐附身開始，胸口就漲滿著複雜的情緒，是心疼，是悲憤，是沉重但卻幸福的感覺。

穆丞海還沒消化完畢，身體又走向小桃，他伸出雙手將小桃抱在懷中，聽到自己說著一段又一段的臺詞，最後雙腳一軟，跪坐在地。

「丞海，你沒事吧？」

不知道過了多久，穆丞海才聽見林豔青的叫喚聲，他呆愣著抬起頭，只見在場三隻鬼全憂心忡忡地望著他。

「我沒事。」想站起來，穆丞海才發現自己的雙腿發軟無力，只好繼續跪坐著。

「真的沒事嗎？丞海哥，你的臉……」楊佟宇伸出短小渾圓的手指，像是看到什麼可怕的東西一般，指著穆丞海的臉。

「我的臉怎麼了？」伸手摸向自己的臉，指尖傳來濕濕熱熱的觸感，穆丞海才發現臉上掛著兩行不知道何時流下來的眼淚，難怪他們會一臉驚恐和擔憂，他竟然哭了！

「我只是……」聲音有些哽咽，穆丞海深吸一口氣，試圖讓情緒恢復平穩。

他錯的徹底，一直以為這個角色是衰到不行，所以對旁人，對這個世界，總是憤世嫉俗、咆哮以對。

但是他現在理解，縱使妻子因為無法放棄當明星的夢想，拋棄他和兒子遠去，他還是無法怨恨她，反而自責無法帶給她幸福與快樂，內心由衷感謝她將可愛的兒子帶來這世上，並期盼著有一天這個家庭能再次團聚。

動作瀟灑地轉動著方向盤，穆丞海嘴角噙著笑，他所駕駛的銀白色跑車呼應他愉快的心情，以流暢的線條，輕盈迅速的在山道上奔馳。

結束緊湊的拍戲行程，他現在高興的簡直想直接在街上裸奔，只是擔心因為這種新聞上頭條太丟臉，只好作罷。

想到今天史蒂芬在片場對他說的話，穆丞海的笑意加深。

「你是誰？」史蒂芬走到他面前，接著誇張地倒退三步，他頓時覺得這個導演其實也滿愛演戲，如果有適合的角色，他完全不訝異導演自己會想軋上一腳。

「穆丞海啊！導演，你也撞到頭？」

「快從實招來，其實你是穆丞海的雙胞胎兄弟吧？還是外星人？沒錯，我發現你的身分了。外星人！不要想假扮穆丞海！」

他沒好氣地給史蒂芬一個白眼，不想繼續瞎攪和，才要轉身走開，史蒂芬恢復正經，布滿歲月痕跡的厚實手掌拍上他的肩。

「我只是想告訴你，你今天的表現，完美！」肯定透過手掌傳遞給穆丞海，差點讓後者紅了眼眶，「恭喜你終於掌握到這個角色的精髓，精彩的表現，讓這段時間的等待，完全沒有白費！」

哈哈哈！之前聽到林大哥說自己有演戲的天分，他還覺得大哥是在安慰自己。經過今天史蒂芬的肯定，穆丞海開始覺得，自己或許真的有演戲的潛能。

俐落的一個轉彎，穆丞海將跑車停進車庫，嘴裡邊哼著歌，邊甩動著鑰匙走回家中。在看見沙發上悠閒翻閱雜誌的歐陽子奇時，他差點沒像看見主人回家的忠犬一樣飛撲上去。

「專輯都好了？」

歐陽子奇點點頭，猜測著穆丞海心情大好的原因，幾個念頭轉過後，他了然地一笑，「史蒂芬導演稱讚你的演技？」

用的是詢問句，語氣卻十分肯定，穆丞海不禁讚嘆，「歐陽大神，真的是什麼事都瞞不過您的眼睛啊！」

歐陽子奇心想，不是自己神，而是他那副唯恐天下不知的白痴樣全掛在臉上了。

「對了，子奇，你知道小楊哥不僅結婚了，還有個兒子嗎？」在歐陽子奇身旁坐下，看見他手上的雜誌寫著某某明星有私生子的斗大標題時，穆丞海突然想到楊佟宇，開啟話題。

「知道。」看向穆丞海，歐陽子奇停頓幾秒後才回答。

「那你知道他兒子出車禍，到現在還昏迷不醒的事嗎？」

「嗯。」

「你什麼時候知道的？」連這都知道！穆丞海不禁拉高聲調，不會真的像楊佟宇講的那樣，他真的白目到全公司只有他不知情吧？

「小楊兒子出車禍時，我跟著他去醫院打點病房與治療的事項，那時才知道他有個兒子。」歐陽子奇繼續翻閱雜誌，不是很在意地說。

「……你偷偷幫小楊哥出醫藥費？」他之前就在懷疑小楊哥的兒子怎麼住得起ＶＩＰ的加護病房，這下才恍然大悟，原來子奇老早就提供協助，不過這更證實，真的只有他在狀況外。

「你別多嘴去跟小楊說，他不喜歡給大家添麻煩，知道我們幫他，會讓他不自在。」

「我知道。」穆丞海往後一靠，把自己埋入沙發裡，「不過你也真不夠意思，這麼大的事竟然沒告訴我，讓我平白無故被小楊哥的兒子怨恨。」

好吧，他承認他這樣是有一點牽拖，不過知道子奇有事瞞著他，讓他沒來由一陣悶，好像被排擠在外似的。

「小楊的兒子怨恨你？」這句話倒是引起歐陽子奇的興趣，他放下雜誌，認真地詢問穆丞海。

「對啊，其實之前我在山道上頭撞到的小鬼，就是小楊哥他兒子。」

穆丞海將最近發生的事一五一十地告訴歐陽子奇，像是他之所以出現陰陽眼，全是因為楊佟宇在片場搗亂，還有林豔青附身教他演戲等等。其中，只有小桃跟來家裡的事，穆丞海下意識選擇隱瞞。

靜靜聽完穆丞海天花亂墜的敘述，歐陽子奇突然一陣誇張爆笑，連眼淚都流出來。

「你交到的朋友越來越多了，不只是人，連鬼都有。」他調侃著。

「吼！你竟然一副看好戲的心態！」他拿起沙發上的抱枕，丟向歐陽子奇。

動作俐落地擋下攻擊，歐陽子奇以一種「你很幼稚」的眼神回擊後，口氣突然變得關心起來，「這陣子你的陰陽眼有帶來什麼困擾嗎？身體會不會因為陰陽眼的存在而覺得不舒服？」

「這……」他好像也沒有哪裡覺得不舒服，就是偶爾在沒有心理準備的情況下看到一些血淋淋的非人時，很考驗心臟罷了！「暫時應該是沒有。」

「那就好。不過，還是要想個辦法，看看你陰陽眼的狀況，會不會讓身體造成負擔。」

「嗯，我會多注意。」

「為什麼不放棄？都已經這麼多年了，就算我一直傷害你，你還是執意要我回去你身邊？」茱麗亞往前幾步，在穆丞海面前，保持適當距離停下，讓他能夠清楚看見自己眼神裡的不解與不捨，但又巧妙地在他觸手可及的範圍外。

「你說，你能給我幸福，你怎麼給我幸福？你能給我……我要的幸福嗎？」

她的口氣軟化，像是低喃給自己聽，接著又想通什麼，驕傲地抬起下巴，堅定地看向穆丞海，「讓我能無所顧忌地站在鎂光燈下，接受眾人的愛戴與支持，享受如雷的掌聲……你能嗎？」

「我……」穆丞海停頓不語，場邊的工作人員全緊張地看向他，開始擔心他是不是忘詞。

幾秒經過，穆丞海依舊緊抿著嘴唇，但是看著茱麗亞的眼神卻飽含情緒，因為內心的掙扎而不停閃爍，散發出令人心疼、想好好保護他的吸引力。

天啊！他在用眼神演戲！

茱麗亞在心裡尖叫著，一瞬間脫離角色，讚嘆起他那複雜又好看的眼神來。

「我雖然不能給妳表演的舞臺，讓妳接受眾人的愛戴與支持，享受如雷的掌聲，但是我能給妳一個溫暖的避風港，讓妳在疲累時可以依靠。」

穆丞海說著，突然加上劇本沒有的動作，朝茱麗亞伸出自己的手，正好利用她留下的距離製造出期待的氛圍。

茱麗亞差點就把手搭上去了！在他如此出自肺腑的一番話後，她多想違背劇本的內容，回到穆丞海身邊。

如果能夠永遠待在他懷裡，燦爛的演藝圈又算得了什麼。

咬著牙，茱麗亞表現出一副忍痛掙扎後，才得以拒絕穆丞海的樣子。事實上，她的心情確實如此，要不是演戲經驗豐富，她恐怕真的會受穆丞海所牽引，講出違背劇本的臺詞。

驕傲地轉身，茱麗亞走向早已在賓士車旁等待的蔣炎勛，蔣炎勛幫她開啟車門，讓她上車，帶著勝利的神情看向穆丞海，自己也繞到另一邊上車。

「回來……」原本應該結束的劇情，穆丞海低喃一聲後，突然大喊道，「我愛妳！」

他朝著賓士車跪下，聲嘶力竭。

同一時間，車上的茱麗亞在聽到那一聲吶喊後，立刻不假思索地握住車門門把，要不是蔣炎勛快一步制止她，她真的要衝下車了！

「卡！」

遲了幾秒，史蒂芬才下達指示，忍不住呼了一口氣，穆丞海最後那不按劇本的神來一筆，帶給他不小震撼，比原本默默看著賓士車揚長而去，更令人印象深刻。

史蒂芬率先起身鼓掌。

在聽到掌聲後，其他還沉浸在震驚中的工作人員才被喚回神，也跟著鼓掌起來，臉上全是對穆丞海的讚嘆。

一片掌聲中，在車上偷偷擦乾淚水的茱麗亞走向穆丞海，朝他伸出手。

「可敬的對手。」茱麗亞笑，褪去平時的嬌滴滴，真誠而穩重。

握上她的手，穆丞海頓時覺得，茱麗亞絕不像表面上看起來那樣，是個需要人家保護的千金小姐，能坐穩揚名國際的最佳女主角寶座，除了演技外，她更有堅強不摧的個性，讓她無法輕易被擊倒。

「謝謝，要一路照顧菜鳥的我，辛苦妳了。」

終於殺青啦！

才演第一部電影，穆丞海就有種這輩子的精力全部耗盡的感覺，解脫地舒展身體，他現在只想回家好好睡一覺。

「丞海，有個壞消息要告訴你。」瞧見穆丞海一副已經收工的模樣，史蒂芬好笑地走近他們，「我們還得花些時間重拍。」

「重拍？」穆丞海差點沒咬到自己舌頭，「導演，我知道我不該亂加戲，可是剛剛演到那裡突然感覺上來，臺詞就脫口而出了，如果導演覺得不妥，可以剪掉。」

「剛剛那幕很好。」史蒂芬解釋，「要重拍的是前面部分，也不是全部，就幾幕重要的劇情，你也不想讓觀眾覺得前後不一吧？」

雖然重拍需費更多成本，但是能夠讓電影更精彩，絕對值得！史蒂芬不禁覺得，這部電影簡直像是在拍穆丞海的演技成長紀錄一樣，一路下來，他對穆丞海的改變最清楚，可能連他本人都沒發現，自己的演技是以多麼驚人的速度在成長。

尤其是後來他流露出的獨特魅力，讓史蒂芬興起想再跟他多合作幾部電影的念頭。

Chapter 9

天下無不散的筵席

「小楊哥，快點。」衝進公司，穆丞海拉起楊祺詳的手就往停車場跑，也不管對方正在開會，就把他塞進銀白色跑車的副駕駛座，直接上路。

「阿海，我們要去哪裡？」這算綁架嗎？雖然楊祺詳不明白綁架自己有什麼價值。

「醫院。」簡短交代去處，穆丞海以不要命的速度在路上奔馳。

實在不能怪他心急，本來以為重拍不用耗去太多時間，誰知拍一拍竟然也大半個月過去了。今天好不容易殺青，他連殺青酒都沒心情喝，就趕著堅持陪他到最後一刻的楊佟宇快回到自己身體裡。

看著那個小鬼強忍不適，身體顏色越來越淡，卻還是笑著坐在一旁看他拍戲，他就有說不出的心慌。那種勉強自己、不想讓人擔心的個性真是跟他老爸一個樣，要是小鬼真的這樣往生，他怎麼對得起小楊哥啊！

「你身體不舒服嗎？要不要換我開？」本想打個電話回公司交代去處，但摸摸口袋，楊祺詳發現自己連手機都來不及拿就被綁上車，只好作罷。

「不是我身體不舒服，是佟宇。」

「佟宇怎麼了？」楊祺詳緊張起來。

「到醫院就知道了！」

穆丞海還不敢說出楊佟宇要醒來的事，事實上，雖然楊佟宇說自己是靈魂出竅，沒有掛點，但是他不太確定，在出竅這麼久之後，是不是還回得去？

否則，楊佟宇能夠回到身體裡醒來，他絕對比小楊哥還高興，直接放煙火慶祝！

他的陰陽眼終於可以恢復成正常人的眼睛了！

停好車，和楊祺詳兩人快步來到楊佟宇的病房，遠遠地就聽到裡頭一陣喧鬧，早已擠滿醫生和護理人員。

「怎麼回事……小佟？」

才在緊張兒子的病情是不是惡化，楊祺詳還沒開口詢問，就看見病床上本來插著維生系統，昏迷了好一段時間的兒子，正張著晶圓可愛的大眼，神采奕奕地看著他。

「爹地！」用可愛的童音叫喚楊祺詳，楊佟宇張開雙臂，迎接淚流滿面朝他奔來的楊祺詳，父子倆緊緊相擁。

這聲爹地，楊祺詳不知道盼了多久，幾度擔心他這輩子再也聽不到兒子這麼叫他。

以前的自己埋頭工作，以為只要賺錢回家給老婆和兒子，讓他們無憂無慮地生活，就算是幸福了。直到妻子忍不住寂寞離開，兒子又車禍昏迷後，他才明白家人之間最重要的不只是衣食無缺。

「有沒有哪裡痛？」半晌後，楊祺詳擔憂地審視著兒子，深怕剛剛的動作弄痛他。

「爹地，我的傷早就好了！」昏迷那麼久，他身上的傷也好得差不多了，要不是他的靈魂離開身體，早就該醒了。

「再給醫生伯伯檢查一下吧。」

「爹地還沒來之前，醫生伯伯就檢查過了啦！」以前根本不覺得爸爸疼愛自己，此刻看到他毫不掩飾的關懷神情，楊佟宇突然為自己賭氣不願醒來的行為感到抱歉。

「佟宇剛醒，身體還很虛弱，建議楊先生跟您的朋友不要待太久，看完就讓他早點休息吧。」交代完護士注意事項後，醫生提醒了一下探病的兩人，便轉身離開。

「好、好……謝謝醫生。」楊祺詳點點頭，目送醫生及護士們離開。

病房裡只剩穆丞海三人後，原本替他們父子開心的穆丞海，臉色突然一陣慘白。

「阿海……」察覺到他的不對勁，楊祺詳開口詢問，突然想到之前穆丞海在醫院裡的「豐功偉業」，他的語氣也跟著飄忽起來。

「佟宇……」穆丞海瞪大眼睛，看著剛剛飄過病房門口的人頭，「為什麼我還看得到？」

「看得到什麼？」楊佟宇原本疑惑的神情，在意識到穆丞海指的是什麼後，突然轉為尷尬萬分的笑容。

「你們在說什麼？」奇怪，佟宇和阿海很熟嗎？

「你不是都醒來了嗎？為什麼我還看得到？」穆丞海好看的眼眸帶著殺氣，

這小鬼最好解釋清楚，當初弄倒鷹架害他有陰陽眼。

現在既然受害者一號沒事了，他這個受害者二號總該恢復正常了吧！

「其實，我從頭到尾都沒說過，我醒來，你就會恢復正常……」是穆丞海自己這麼認為的。

自己只是弄倒鷹架，至於為何會壓出陰陽眼，他也不知道，這不是他的詛咒，純粹是意外。

「楊、佟、宇！」要不是小楊哥在場，穆丞海真想直接掐死這個小鬼。

「不然去問問豔青姐好了，她懂得多，搞不好會知道怎麼解決你的問題。不過，你可能要自己去問，我現在看不到她了。」

如果要說醒來之後有什麼遺憾，大概就是他再也無法像以前那樣看到許多鬼怪朋友，無法再向小桃姐及豔青姐撒嬌。

不過……他的遺憾，應該是穆丞海非常渴望的幸福吧？楊佟宇偷偷吐了吐舌頭。

電影殺青後，後製工作就接著展開，即使拍攝時間延長許多，好在最後還是如期趕上預定的上映時間，票房還出乎意料得好，屢屢突破先前的紀錄。

能獲得好評，穆丞海自然很開心。電影成功，是靠著許多人的努力，對他來說，幫助最大的，自是一路不厭其煩幫他、讓他體會到角色精髓的豔青姐。

他一直想知道豔青姐對整部電影的評價，但等了好一陣子也不見豔青姐主動提起，從小桃那裡旁敲側擊的結果，得知小桃曾約了她好幾次一起去電影院看，但都被拒絕了。既然還沒看過，自然無法給出評價。

不明白豔青姐拒絕的原因，穆丞海和小桃只能猜想，或許是豔青姐生前身分大牌，不屑到一般電影院去人擠人，於是穆丞海決定去商借電影母帶，親自送去給豔青姐，表示誠意。

當然，送去的同時就順便問了一下陰陽眼的事。

沒想到，連豔青姐也不知道怎麼回事。

雖然他內心覺得有些失落，不過有小桃跟豔青姐在側，他不太會被奇怪的冤魂騷擾，還能和他們聊天打發時間，其實沒什麼不好。

他便決定先將陰陽眼的問題擱置一邊，專心投入新專輯的錄製。

一進錄音室，就發現歐陽子奇已經先到了，正和錄音師討論細節，臉上神情一如往常工作時嚴肅。

看見穆丞海走進，歐陽子奇暫時中斷與錄音師的對話，走到他身旁，將一疊厚厚的歌譜交給他，「先看一下，這是這次專輯的所有歌曲，有什麼問題等一下一起問。」

交代完，歐陽子奇又走回去和錄音師繼續討論。

深深瞭解子奇的工作態度，要他先看歌曲，絕對不是隨便看一看，敷衍一下就好，穆丞海找了張椅子坐下，開始認真讀起那疊歌譜。

「不會吧……嘖嘖！」穆丞海越看越頭痛。

他知道子奇對工作向來要求完美，第一張專輯有許多獎座加持，讓他的創作能夠更自由奔放，但是，他老大是把這張專輯當成最後一張在製作嗎？

才第二張專輯難度就搞成這樣，後面幾張他還要不要活啊！

「子奇。」晃了晃手上的歌譜，穆丞海神情嚴肅地看向工作告一段落，朝他走來的歐陽子奇，「我們打個商量。」

「看完啦？」拉張椅子過來，歐陽子奇在穆丞海身旁坐下，「商量什麼？」

「這些歌都不錯，但唯獨這一首，我有些意見。」穆丞海煞有其事地說著，一番話倒是讓歐陽子奇覺得很有趣。

對他的歌有意見？而且還是他想拿來當主打歌的歌曲。

歐陽子奇不語，只是挑眉，示意好友說下去。

「歌詞很好，但是曲子部分……」俊容突然一皺，穆丞海哀求地抱著歐陽子奇的手臂，「可以改慢一點嗎？」

他擔心唱著唱著，會直接咬掉自己的舌頭！

「你是演戲演上癮了嗎？」難得在工作時間露出笑容，歐陽子奇拿起那疊歌譜輕敲穆丞海的頭，「我可以幫你轉達給何董，讓他再幫你接幾檔戲。」

「不不不！我喜歡唱歌，本業是唱歌，未來也只想專心在音樂上發展。」穆丞海連忙澄清。

「那很好。」用手點了點那首節奏過快的樂譜，歐陽子奇笑著道，「你還有一星期的時間，把這首歌練、起、來！」

完全沒有商量餘地，穆丞海只能乖乖收起歌譜。他明白子奇對製作專輯的企圖心，抱怨歸抱怨，子奇嘔心瀝血的創作，他當然是傾力配合。

不過，還有另一件事，他倒是希望子奇真的能答應他。

「這次專輯的發行時間，可以延後嗎？」

「理由？」

「據說蔣炎勛的新專輯晚我們半個月發行，我想跟他來個正面對決。」穆丞海認真地說。

他自認不是什麼好人，對方用陰招對他，他大可不必和對方講規矩，但是他明白任何私下的行為都會影響到MAX的名聲，只能克制自己。否則他老早就想泡一瓶辣椒水，直接強灌到對方嘴裡了！

「你跟他的過節在頒獎典禮上還沒結束？」

「上次的事情是結束了。不過，後來又有新的過節。」

「蔣炎勛在拍電影時對你做了什麼事？」

本來只想輕描淡寫帶過他想和蔣炎勛對決的理由，但是歐陽子奇問得直接，一時也令他無法迴避。

歐陽子奇會這樣問也不是沒有原因，穆丞海可能不知道，原本飾演那個角色的演員之所以會摔斷手，據他派人調查發現，其實是被蔣炎勛推下樓所致，但礙於蔣炎勛的名氣不敢張揚，這件事才被掩蓋下來。

為了搶奪一個演出機會就傷害別人，歐陽子奇覺得他和穆丞海同處一個攝影棚拍戲卻沒發生什麼事的話，那才奇怪。

「他在飲料裡下藥……」將事情的經過告訴歐陽子奇，中間還不忘數落自己的愚蠢，才會沒有懷疑就喝下那瓶飲料。

歐陽子奇沒有責備穆丞海，反倒伸手揉亂他的短髮，「個性單純並沒有錯。」也是因為喜歡海那股單純，才會找海加入MAX。

任何想要傷害或影響海的人，他都不會放過。

蔣炎勛……歐陽子奇從口袋裡拿出手機，按一下早已設定好的快速撥話鍵，才剛嘟一聲，對方馬上接起電話。

「傑克，我要知道蔣炎勛新專輯的發行計畫，包含簽唱會、演唱會，還有他宣傳期會上的所有節目名單。」

「子奇……」

歐陽子奇才剛掛斷電話，穆丞海馬上後悔說出了這件事。他是很討厭蔣炎勛，但是他豈會不知道歐陽家的勢力有多可怕，尤其是惹子奇生氣的下場，縱使明白他會有分寸，但還是不免擔心來。

「蔣炎勛的事交給我處理，你只要把心思放在新專輯上就好。」

子奇都這麼說了，意思就是他再多說什麼也改變不了他的心意，穆丞海只好先在心裡為蔣炎勛祈禱，希望他這次不會死得太難看。

「丞海哥！」

稚嫩的童音介入兩人嚴肅的交談中，楊佟宇大老遠看到穆丞海，就不顧場合地大叫他的名字，朝他奔來。

「嘿！臭小鬼——哇，想不到你還挺重的。」穩住楊佟宇因為快速衝向他而跌跌撞撞的身體，穆丞海一把將他抱起，坐在自己大腿上。

「小佟，沒禮貌！」楊祺詳想把兒子叫下來，讓穆丞海揚手制止。

他在育幼院裡和一群弟弟妹妹玩習慣了，只是抱個小孩坐在自己身上，算小Case，佟宇開心就好。

「小楊哥，你不是說要帶小佟去動物園，怎麼來了？」

「呵呵，因為有大內幕要告訴你們！給，明天的新聞稿，熱騰騰剛出爐的。」

楊祺詳將手中的紙遞給穆丞海，臉上有藏不住的喜悅。

「內幕？」好奇看著紙張上的內容，穆丞海的下巴差點沒掉下來。

金鶴獎入圍名單！他竟然在「最佳新人獎」的入圍名單上看見自己的名字，是他眼花還是新聞稿印錯？

「我怎麼不知道今天是愚人節？」穆丞海古怪地笑了起來。

「這是千真萬確的消息，我還特地打去主辦單位確認過，錯不了！」剛收到消息時，楊祺詳也同樣詫異，也就是因為這消息如此驚人，他才會在小佟也同意的情況下，先來告訴他們。

姑且不論史蒂芬是何時幫他報名的，但是能讓大導演願意推薦，可見除了票房亮眼外，穆丞海的演技也有達到一定水準，他才會願意報名這麼大的獎項。

「恭喜！」看完新聞稿後，歐陽子奇由衷地說。

「你們兩個聯手起來騙我？」穆丞海一副還是不相信的模樣，像是盯著犯人一般，半瞇起細長好看的雙眼，來回審視著歐陽子奇與楊祺詳。

「把他拎走。」白了他一眼，歐陽子奇沒好氣地說，站起身，打算回去錄音室交代其他事項。

「把我拎去哪？今天不是要錄音嗎？」穆丞海一臉疑惑。

「第一天拿到歌譜就想錄音，對自己這麼有自信？看來這次的專輯我可以再提高一些標準囉！」歐陽子奇笑得燦爛。

驚覺自己失言，穆丞海趕緊否認，搖到頭差點沒掉下來。提高標準？原本的標準就讓他吃不消了，再提高，他就別想在錄音過程中有好日子過了！

「去跟豔青姐說一聲吧，這次你能入圍，她絕對是第一功臣。」歐陽子奇沉著嗓音笑道。

「啊，對！」正好可以聽聽她對他演出的意見，再把入圍的好消息告訴她。

「小楊哥，小佟借我一下，麻煩你開車載我們去一趟拍電影的攝影棚。」

直接抱著楊佟宇站起身，再叫他替自己拿好外套，穆丞海長腿一邁，就往停車場走，後頭跟著滿腹疑惑的楊祺詳，氣喘吁吁，必須小跑步才跟得上。

「去做什麼？你們說的豔青姐又是誰……」為什麼連他兒子都要一起抱去啊？

「詳細情形，改天我再好好跟你說。」

「喔耶！太好了！要去找豔青姐了！」楊佟宇在穆丞海懷中歡呼。

靈魂回到身體之後，楊佟宇已經看不到其他的鬼怪了，但是唯獨林豔青，不知是已經半成精還是遺憾太深，只有她還能在楊佟宇面前現身。

林豔青第一次到他們家去探望楊佟宇時，讓他又驚又喜了好久。

一大一小到達攝影棚時，林豔青已經看完了「豔陽」，只見她若有所思地坐在陰暗空蕩的攝影棚裡，似乎已經持續一段時間，連他們接近都沒發現。

「豔青姐……」穆丞海出聲叫喚。

「啊，你們來啦。」

她的神情看起來很哀傷，穆丞海心想，如果鬼可以流出眼淚，現在豔青姐臉上一定掛著兩行淚水。

「怎麼了?是我演得很爛，讓妳失望了嗎?」穆丞海走到林豔青身旁，皺著眉問。

今天的豔青姐看起來很不一樣，不像平常活力十足，老是對他大吼大叫，真不習慣。

「不，你演得很好。」林豔青朝他漾開一抹看起來淒楚無比的笑容，「我只是想起岳宏……」

「喔，對了!我擅作主張改了一些臺詞，不是有意冒犯岳宏大哥的作品，豔青姐妳別生氣。」

「你改得很好，尤其是最後一幕……」林豔青輕嘆一聲，「就是那句臺詞，讓我想起岳宏。」

「豔青姐，如果妳不介意，願意跟我聊聊岳宏大哥的事情嗎?其實演出『豔陽』後，我很好奇岳宏大哥是在怎樣的心情下，寫出這部劇本。」

惆悵地看著穆丞海，半晌，林豔青才下定決心，「好吧！我告訴你『豔陽』這個劇本的由來。不過，陪我到頂樓曬曬月光吧，在這個攝影棚待著，心情都悶起來了。」

牽著楊佟宇的手，穆丞海陪林豔青來到頂樓，兩人一鬼席地而坐，林豔青沒有馬上說起「豔陽」的故事，只是天馬行空地和穆丞海聊著她的過去、她和林正司的事、她在演藝圈的事，還有她死掉後在攝影棚看到的事。

穆丞海只是靜靜地聽著，偶爾發出幾聲低笑回應，楊佟宇對這些話題不感興趣，老早在他懷中睡去。

不知道為什麼，穆丞海突然覺得讓月光灑落在身上的林豔青好美，訴說著往事的她就像一個發光體，流露出對生命的熱愛與活力，自然而然吸引住別人的目光。

只是一股奇異的感覺在穆丞海心中不斷蔓延開來，不知道是不是錯覺，豔青姐的身影似乎越來越透明，好像隨時會消失一般。

「豔青姐……」他猶豫著該不該問，但是不問，或許一輩子都會帶著遺憾，「今晚，是我們最後一次見面嗎？」

「或許吧！」林豔青不置可否地笑了笑，「『豔陽』拍完，我在這個世界上也沒遺憾了……」

「豔青姐……」穆丞海哽咽，對這個情感表達總是無比直率的長輩萬分不捨。

「啊——瞧瞧我這記性，我是上來要告訴你『豔陽』的故事的，聊著聊著就忘了。」

「沒關係，『豔陽』的故事改天聽也無妨，豔青姐想聊什麼就聊什麼吧！」

「不，今天不說，我怕以後可能也沒機會說了……」抬頭望著月光，林豔青讓自己墜入回憶裡。

「我有先天性心臟病，小時候有好長一段時間都住在醫院裡，那時也像現在一樣，每天看著月亮，數著自己還能活幾天。

「認識岳宏，也是在醫院裡。他到醫院當志工，如陽光般開朗的笑容和個性，讓我看到他第一眼，就喜歡上他了。『豔陽』，其實指的是男主角，也是岳宏他自己的投射，他希望能讓自己散發的溫暖光芒，照耀進我如黑夜般的生命裡。

「後來動完心臟手術，我勉強能夠像正常人一樣活動，在正司大哥的教導下，我開始朝向自己喜歡的戲劇演出發展。我喜歡自己在舞臺發光發熱的感覺，就像『豔陽』的女主角追求的一樣。

「岳宏其實很反對我進演藝圈，他擔心我的身體負荷不了沉重的拍戲工作，但在我的堅持下，他只好把反對轉為劇本創作，默默支持我，藉由劇本傳遞他的想法給我知道。於是，縱使非常希望我辭去演藝工作待在他身邊，他還是默默祝福，目送女主角追求夢想，當做最後結局。」

說到這裡，林豔青突然淡然地笑了，她轉頭看向穆丞海，「但是，等我看完你拍的電影，我才發現，你在最後一幕加上的臺詞，才是岳宏真正的心聲。」

林豔青早該明白柯岳宏的心意，卻選擇視而不見，還讓老天開了個大玩笑，在演出他的劇本時心臟病發。

「我死後，岳宏非常自責。他覺得，如果不是他寫出這部劇本，也不會害死我。」

握著林豔青冰冷的手，穆丞海無聲傳遞安慰的力量。

「謝謝你完成這部電影，讓岳宏的才華得以在世上延續。」

這是拍攝電影這麼久以來，林豔青第一次對他說出肯定的話，但是此時的感謝，卻讓穆丞海有一種生死離別的哀傷。

「其實我才要謝謝豔青姐，要不是妳教導我演戲，我一定會毀了岳宏大哥的作品……對了，我這次來，還有一件事要告訴妳。」穆丞海突然舉直雙臂，俏皮地歡呼，「我入圍『金鶴獎』最佳新人耶！」

「什麼！評審瞎了眼嗎？還是現在『金鶴獎』已經墮落到花錢就可以買到獎項了？」

林豔青佯裝生氣地說，和穆丞海互看一眼後，兩人不約而同笑了起來。

「咳咳，說正經的，你真的是一塊演戲的料，只是用錯方法揣摩角色。」脫離原本的死氣沉沉，林豔青恢復慣有的生動神情，「難怪正司大哥會如此栽培你。」

「唉唷！快別這麼說，我會驕傲起來的。」

「臭小子，不過就演了一部電影，這樣就驕傲啊！」林豔青拿出許久不見的木製扇子，卻沒有敲在穆丞海頭上，只是打開搧著風，這還是穆丞海第一次看見林豔青拿它來做打他頭以外的事。

「我已經無法再像前陣子那樣，每天跟在你身旁叮嚀你了。以後不管發生什麼事，都要笑著前進，突破困難，知道嗎？」

「我知道。」穆丞海別過頭，努力讓自己的語調不顫抖哽咽，「豔青姐，謝謝妳這段時間的照顧。」

「突然這麼尊敬，真讓人不習慣。」林豔青用扇子輕敲了一下穆丞海的頭，「好啦，未來就算我不在了，也要好好保重。」

「妳也保重。」穆丞海轉而望向天空，忍著不讓淚滴到楊佟宇身上。

不管未來發生什麼事，他一定會永遠記得和豔青姐相處的這段時光。

剛回到家，穆丞海就見歐陽子奇拖著行李箱從房間走出來。

「要出門？」

「嗯，有事要出國一趟。」他才想打電話告知，穆丞海回來得正好。

「這麼臨時？」

「人情請託的工作，對方急著找幫手滅火。」新專輯錄製在即，歐陽子奇也不想在這時丟下穆丞海一個人出國，但是這次是家裡老頭親自出面拜託，身為兒子，他還沒膽不賣老頭面子。

「什麼時候回來？」

「最快也要『金鶴獎』頒獎典禮過後，這段時間你先練歌，有問題可以問阿德，我已經和他討論過歌曲的內容了。」歐陽子奇突然誠心地說，「很抱歉這次不能陪你去領獎。」

「唉呀，只是好運入圍而已，還說什麼領不領獎咧！」穆丞海不好意思地搔搔自己的頭髮。

「就是怕好運入圍，沒有下次機會，這次沒跟你去才更覺得遺憾。」

「你去死吧！」

壞心地漾開笑容後，歐陽子奇靈巧地閃過穆丞海丟過來的抱枕，並且在對方準備拿起第二顆抱枕攻擊他時，快一步先將沒有殺傷力的凶器踢得老遠。

「幼稚鬼。」將行李先擱置在一旁，歐陽子奇拉著穆丞海的手在沙發上坐下，

「眼睛那麼紅，哭過？」

「子奇，我今天去找豔青姐，她說，她在這個世界上已經沒有遺憾了。」

「因為『豔陽』拍完了？」

「嗯。」穆丞海又陷入一陣低落，「可是她看起來好像隨時會消失一般，人家不是說，如果心願已了，就會升天嗎？」

「這是好事，你該替她高興。」

「我知道，可是一想到以後可能再也看不到豔青姐，我就覺得不捨。」穆丞海伸手把玩著脖子上的項鍊，「她雖然脾氣差了一點，又愛拿扇子敲我頭，但對我的關心卻從來沒少過，感覺……就像媽媽一樣。」

「海，越是如此，當豔青姐沒有遺憾的離開時，你更應該祝福她，為她感到高興。你不希望豔青姐因為擔心你，而無法升天吧？」看著他把玩墜飾的動作，歐陽子奇若有所思。

一直看他在育幼院生活得很快樂，似乎也不打算找自己的親生父母，因此他從來沒開口問過穆丞海的意思。現在看起來，他是不是該動用一點家族的力量，幫海尋找他的父母親？

「好啦，我知道，你不用擔心，睡一覺起來就沒事了！」拉著歐陽子奇起身，穆丞海拿著他的行李，將他推到門口，「你不是還要趕搭飛機，快出門吧！」

有那麼幾秒鐘的時間，歐陽子奇很想打電話將飛機延至明天，留下來陪穆丞海度過今晚，但在看見對方堅持將他送出門後，只好作罷。

「不管發生什麼事，記住，還有我在。」

「知道啦，你快走吧！」

目送好友進電梯後，穆丞海強忍住的淚水終於再次潰堤，為豔青姐的關懷，為沒有父母的遺憾，也為歐陽子奇的友誼。

眾星雲集的慶祝晚會上，許多女星在穿著打扮上下足功夫，競相爭豔，男星們也不遑多讓，將自己最稱頭的一面呈現出來，期盼在「金鶴獎」頒獎結束後的晚宴上，吸引更多鎂光燈，成為明天新聞上的一員。

「恭喜！」

手裡握著「最佳新人獎」獎座，即使穆丞海已經刻意站到角落，還是被眼尖的人發現，一個他喊不出名字的戲劇界前輩朝穆丞海說著，伸出手和他一握，周圍快門聲四起。

「謝謝。」禮貌地回應，這已經是今晚不知道第幾次了。

藉由他來搏版面的人，通常拍完照後，寒暄幾句就會離去。

而遠方，在晚宴會場中央最顯眼的位置，獲得「最佳女主角」的茱麗亞及「最佳導演」的史蒂芬也同樣忙碌，只是他們看起來非常游刃有餘，拍照、接受訪問、握手，一個接一個，完全沒有停歇。

「丞海，你的演出實在太精彩了！我和太太去電影院看了三次，她被你的演技感動，每看必哭。」

另一批人向他走來，帶頭的是演藝圈的前輩王軍浩，以及他的兒子——今晚的「最佳男主角」王希燦。打過招呼後，王軍浩看似熱情地和他聊著天。

穆丞海和王軍浩稱不上認識，但曾經在歐陽子奇老家的宅邸見過一面，後來才從子奇口中得知，王軍浩和歐陽家是世交。他剛踏入演藝圈時，王軍浩本來想幫忙他們的演藝事業，被歐陽子奇回絕了。

「是啊！如果導演幫你報名最佳男主角，那這個獎項今晚鐵定輪不到我手裡。」王希燦伸出手和他一握，神情真誠地說。

「王伯伯，你們太客氣了！論演技，希燦的精彩演出絕對比我好上太多，導演就是知道，才不敢幫我報名『最佳男主角』這個獎項呀！」做足面子給王軍浩，穆丞海又順道稱讚了王希燦幾句，惹來他們父子一陣開心的笑容。

「看來我得重新對你評價了！」王軍浩意有所指地說。

「晚輩不懂王伯伯的意思。」如果要說演藝圈有什麼老狐狸，王軍浩絕對算得上一隻，和他不過對話上幾句，穆丞海就覺得太陽穴隱隱作痛，有些招架不住。

以往這種應酬的場合都會有歐陽子奇在，該怎麼應對，子奇都會擋在前頭替他回答，他參加宴會只要負責吃喝玩樂就好，今天子奇不在，穆丞海的心思又繫在豔青姐上，應付這些來攻擊或是想沾他光的人，實在覺得很疲累。

「那我就直說了！我和子奇他父親是至交，對於子奇找你組團進入演藝圈，其實當初反對聲音最大的是我。」王軍浩停頓，觀察著穆丞海的神情變化，「我看著子奇從小到大，明白他的才華，想要在演藝圈單打獨鬥，大紅大紫，絕對不是問題。」

「這點我很認同。」提到歐陽子奇，穆丞海與有榮焉地笑起來。

「之前我很不能理解，為何MAX裡名氣較大的是你，連這次拍攝電影的機會都是特地找你，而不是子奇。對一個總是要子奇在背後處理大小事情，幫你打點撐腰的人來說，你實在幸運得讓人咬牙切齒。」王軍浩說的直接，「我更無法理解，為何子奇要為你犧牲這麼多？」

原以為穆丞海面對批評會憤而離去，卻在聽完王軍浩的話之後，興奮地拉起他的手，像是找到知己一般開心。

「王伯伯，你說的真的太棒了！我也覺得MAX應該要被注意的焦點是子奇。尤其這次的電影，根本應該找子奇來演……」

一聊到歐陽子奇，穆丞海超級自然地就打開話匣子，拉著王軍浩的手，一說就是二十分鐘，把他和子奇從小到大相處的事，他對子奇的看法，以及子奇幫助他、照顧他的一切，全部說一遍，這絕對是今晚他最愉快的一次對話。

「丞海，我很開心看到你如此重視子奇。」王軍浩說著，轉身朝茱麗亞・艾妮絲頓招招手，對方馬上中斷與旁人的談話，巧笑倩兮地朝他們走來，身旁還跟著一個穆丞海沒見過的外國男生。

「茱麗亞和你剛合作完電影，不需要我特別介紹，另外這位是丹尼爾・布魯克特，我的乾兒子。」微笑替雙方介紹。

「你好，久仰大名。」丹尼爾・布魯克特朝穆丞海伸出手，中文十分流利。

「你好。」穆丞海感覺到握住他的手傳來不輕的力道，疑惑地對上丹尼爾的眼神，果然透著某種不善的訊息。

該死！穆丞海在心中低咒一聲，他不會又在什麼連自己都不知道的時候得罪人了吧？還是王軍浩的乾兒子。

還沒來得及問清楚，對方就偕同茱麗亞和王希燦離開，留下他與王軍浩兩人。

「這次子奇會臨時出國，是我刻意安排的，為的就是今晚能和你單獨談談，評估你是不是一個可以合作的對象。」用眼神支開茱麗亞和丹尼爾之後，王軍浩對著穆丞海說，穆丞海著實被他的話嚇一跳。

「王伯伯，有什麼合作必須支開子奇來談的？」

MAX的音樂工作皆由歐陽子奇接洽，除了上次他接演電影的意外，廣告和節目通告也一定經過子奇同意，王軍浩卻刻意單獨找他談合作，怎麼聽都覺得不是一件好差事。

「合作的詳細內容不急著現在談，我只是對你很好奇。」王軍浩直視著穆丞海，犀利的眼神，讓他有種獵物被獵人盯上的緊張感。

「到底是怎麼樣的一個人，能夠讓子奇只願意和你組團，能夠讓茱麗亞指定要你出演男主角，還能夠讓丹尼爾千里迢迢跑來，就為了和你一決高下。」

等等，他聽到什麼？丹尼爾・布魯克特要和他一決高下?!為什麼在不知不覺中他好像樹立了不少敵人啊？

他何德何能讓王軍浩的乾兒子視為敵人啊！縱使不明白丹尼爾・布魯克特有什麼能耐，但光就乾爹的背景如此硬這點，就讓他得罪不起。

「王伯伯，丹尼爾的事，其中一定有什麼誤會，我不記得有做什麼讓丹尼爾……」

「呵呵！」王軍浩拍著穆丞海的肩，「我很期待起你和丹尼爾的對決，加油！」

接著，留下一臉疑惑跟忐忑的穆丞海，王軍浩愉悅地踱回宴會中。

等到終於從宴會中脫身，穆丞海駕車來到攝影棚，將近午夜十二點了。

和樓下的管理員打過招呼後，他快步飛奔上樓，手裡拿著「金鶴獎」最佳新人獎座，邊跑邊喊：「豔青姐、豔青姐，妳快出來看，我得獎了！」

開心地踏入林豔青常出現的攝影棚，卻沒看見半個鬼影，只有他的聲音迴盪在空蕩蕩的空間裡，越來越小聲。

「豔青姐──」

轉往大樓其他地方尋找，連頂樓、女廁都不放過，卻依舊沒找到林豔青，穆丞海突然心驚地想著，該不會她真的消失了吧？

「豔青姐……」席地而坐，穆丞海低頭盯著手上的獎座，淚水在眼眶中打轉。

早有預感豔青姐會消失，也明白天下無不散的筵席，豔青姐能夠沒有牽掛地離開，他應該替她高興才對。只是，無論做了多少準備，當真正面對離別時，心頭還是有如壓著一塊沉甸甸的石頭，讓他喘不過氣。

與林豔青相處的種種，在他腦袋裡不斷閃過，雖然絕大部分是林豔青對著他大吼大叫的畫面，卻讓他感覺很溫暖。

一個二十年前往生、在攝影棚裡遊蕩的女鬼，本來跟他八竿子打不著的關係，卻因為「豔陽」這部電影，讓他們相遇，對方教導不會演戲的他一步步成長，這個恩情，就算說再多的話，也無法表達出他心中感謝的萬分之一。

遺憾的是，他還來不及跟豔青姐分享這份榮耀——讓她知道一手教導出來的徒弟，爭氣地得到一座「最佳新人獎」，沒有丟她的臉。

「妳會知道吧？在天國的妳應該看得見，和岳宏大哥甜甜蜜蜜，看著我的成就……」仰頭望向天上，淚水終於忍不住滑落。

最後，穆丞海朝著空蕩蕩的攝影棚大喊，期盼聲音能夠傳到在天國的豔青姐耳裡。

「豔青姐，謝謝妳！」

Chapter 10

當翻開回憶錄……

人生有許多際遇是非常奇妙的。

有時候，當你覺得這是旅途的終點，轉個彎，卻發現只是另一個開始；有時候，當你覺得前方還有道路，老天卻殘忍地宣告Game Over！

以穆丞海來說，打從一出生就被丟在育幼院門口，身上只留下一個夜市隨處可見、看起來不太有價值的墜飾，本來以為會快快樂樂、無憂無慮、沒什麼偉大志向地度過人生，卻陰錯陽差認識歐陽子奇，最後一腳踏入演藝圈。

這還不算什麼。莫名其妙接演電影，甚至因為鷹架倒塌的意外壓出陰陽眼來，他的生活又更加多采多姿起來。

一個往生的高中生女鬼跟到他家，附身在歐陽子奇身上對他上下其手，還有一個二十年前紅遍大街小巷的實力派女星，卻因為心臟病發過世的女鬼，不厭其煩教導他演戲，一路上跌跌撞撞也終於把電影拍完，還幸運地拿到最佳新人獎。

別人眼裡看起來一帆風順，音樂、演戲兩得意的他，卻在最後紮紮實實地上了一課——離別！

在攝影棚裡低落了許久，穆丞海才終於想通，擦乾眼淚振作起來。他知道黯青姐一定不願意看到他這樣婆婆媽媽、不乾脆的樣子，縱使她離開了，他自己的人生旅途卻還未結束。

帶著一雙陰陽眼，他得讓自己隨時保持警覺，否則，哪天要是被突然飄出的人頭、斷腳斷手給嚇死，絕對不意外。還有那個王伯伯的乾兒子丹尼爾・布魯克特，不知打哪來的敵意，特地跑來說要跟他一決高下！

一切的一切，都需要他打起精神，做好準備，全力以赴！

在攝影棚重新整理好情緒後，穆丞海才開車回家。

到家時，門才剛開，穆丞海就察覺不對勁。

本應該幽暗無光的客廳，被電視裡透出的光芒隱隱照亮，他停下開燈動作，看向客廳的方向，心生疑惑。

子奇在家？不對，他明明說還要好幾天才能回來。

低頭看看玄關，子奇的室內拖鞋也還好端端擺著，莫非是——小偷！

穆丞海警戒起來，隨手拿起放在門旁的高爾夫球桿，躡手躡腳地走近沙發。

除了液晶電視所發出的聲音外，穆丞海聽見女孩子的笑聲摻雜其中，等他終於瞧見沙發上的身影後，立刻沒好氣地翻翻白眼，放下手中的高爾夫球桿。

「小桃，妳沒事幹嘛跑來我家看電視？」

「無聊啊。」視線從頭到尾沒離開電視，小桃隨著劇情笑了起來，一副輕鬆自在的模樣，「不過就是來看個電視，計較成這樣，小氣！」

「不是我計較，要來也先通知一聲嘛！不然像這樣突然看到房子裡有動靜，我還以為是小偷，會嚇……蛤？豔青姐！」

穆丞海向後跳了一大步，撫著胸口不停喘氣，眼睛瞪得老大。

他沒看錯，真的是豔青姐！

她不是看到《豔陽》拍完問世，心願達成，升天了嗎？

從廚房裡晃出來的林豔青沒好氣地瞪了穆丞海一眼，輕盈地飄到小桃身旁坐下，跟著看起電視。

「豔青姐……妳……」原本震驚的心情，在下一瞬間馬上被感動取代，淚水在穆丞海的眼眶內打轉。

豔青姐沒消失，真是太好了！

「幹嘛？別擋著我看電視，去旁邊坐！」伸手想要推開穆丞海，林豔青突然發現他手裡拿著的獎座，順口問了一句，「咦，這是什麼？」

「這個呀——嘻嘻！」穆丞海笑著，驕傲地把獎座遞給林豔青，這可是他今天從「金鶴獎」頒獎典禮上帶回來的戰利品，「我得獎啦！金鶴獎『最佳新人』！謝謝豔青姐，能得到這個獎項都要感謝妳。」

「喔，好，放旁邊。」不感興趣的回應，林豔青又將視線移向電視機，顯然裡頭播出的劇情比起獎座更引起她的興趣。

「妳……不開心嗎？」林豔青的反應大大出乎他意料。

「不過就是最佳新人獎，等哪天你拿到最佳男主角，再來跟我炫耀吧！哈哈哈……小桃，妳看那個老婆婆真的太有趣了，動作好有喜感！」

一瞬間，穆丞海有種眼淚白流的感覺。

「你的眼睛怎麼紅紅的？」廣告時間，林豔青才捨得把注意力拉回穆丞海身上，發現他好看的眼睛腫腫的。

「我……我剛剛去攝影棚找妳……沒看到妳……以為……」

「以為我消失了？」林豔青挑高好看的細眉，好笑地望著穆丞海。原來這小子這麼捨不得她啊？很好，不枉費她平時勞心勞力，在演技上頭照顧他了。

「放心啦，這個世界這麼有趣，我暫時還捨不得離開。對了，我跟小桃決定，這陣子就先在你家住下啦！」

「在我家住下？」穆丞海瞠目結舌。

「對啊，我發現有部連續劇還不錯看，就住到它結局吧！反正這陣子子奇也不在，不用擔心他會發現。」

林豔青說完，跟著小桃繼續看電視，直到播出結束前，也沒有再搭理穆丞海。

哀傷的心情在那兩個女鬼沒心沒肺的笑聲中煙消雲散，穆丞海不禁低咒一聲，修長好看的手撫上額頭，長嘆一聲。

看來，他的挑戰才正要開始！

——《探問禁止！主唱大人祕密兼差中01》完

Side story

MAX ：最初

今天是都人國小的開學日。

「小康，你給我乖一點！新學期重新分班，絕對不可以再跟同學打架了，知道嗎？尤其是你們班上那個叫歐陽子奇的同學，要是讓我知道你欺負他，回家我就揍你一頓！」

「吉米寶貝，你要努力跟新同學成為好朋友喔！爹地跟媽咪會替你舉辦一個慶祝你升上三年級的派對，到時候你再邀請同學們到家裡玩，尤其是歐陽子奇，一定要邀他喔！」

放置在離校門口不遠的分班布告欄附近，許多家長帶著孩子，在知道新班級後並沒有進教室，反而逗留於此，不時朝校門口張望，人潮之中，又以三年忠班的比例最高。

這全是因為不久前有風聲傳出，歐陽集團的公子要到都人國小就讀，聽到的人大多不相信，但沒想到現在還真的在分班名單上看到了歐陽子奇的名字。尤其是那些自己小孩幸運跟歐陽子奇同班的家長，都想著要比別人早一步和歐陽家打好關係，於是紛紛留在校門處口等待。

正值好動年紀的小男生們全被家長厲聲警告，絕對不准頑皮搗蛋，就怕不小心得罪了歐陽家，小男生們幾乎都是第一次看到自己爸媽擺出如此嚴厲的表情，雖然還不知道這個叫做「歐陽子奇」的人到底是誰，卻已經開始把他當成怪獸一般的可怕人物了。

小女生們也不輕鬆，除了依照規定一定要穿的學校制服外，家長無不使出渾身解數，拚命將女兒打扮得漂漂亮亮。有拿出帶著淡淡粉紅色的護唇膏幫女兒塗上的，也有在髮型上做文章的。

「我不要綁公主頭！」樹蔭下，小女孩跺腳發著脾氣，不肯乖乖讓媽媽梳綁頭髮。

「綁公主頭比較漂亮嘛！新同學也會喜歡妳，這樣妳就可以交到好多好多的朋友，陪妳一起玩。」媽媽不死心地勸道，就希望自己女兒可以比下其他女生，吸引歐陽子奇注意。

「可是好熱喔……」

小女孩嘟著嘴還在抗爭，現場突然變得鴉雀無聲，一輛加長型豪華賓士停在校門口，家長們全瞪大眼睛，同時在心裡想著──歐陽集團的公子到了。

車內，歐陽子奇揹起書包，發現自己的爸爸歐陽奉也想下車，連忙阻止。

「爸爸，你別跟下來！」

他最討厭和爸爸一起出現在公共場所了！

每次爸爸出現的地方就會有許多大人上前攀談，而且還老愛用稱讚他來做為拉近距離的方式，他極度討厭這種虛偽的社交場合，今天本來想自己走路上學，結果爸爸卻說如果他不坐車，就要叫十幾個保鏢跟著他一起走。

讓那麼多人跟著，怎麼想都丟臉死了，最後他只好妥協，讓爸爸載他上學。

「開學日有許多事情需要家長幫忙，爸爸一起去會比較方便。」獨生子第一次上學，歐陽奉除了擔心兒子被綁架或遭到霸凌外，心裡多少也有點興奮，想參與這個重要時刻，看到兒子更多不同的面貌。

「我自己可以處理。」面對爸爸的雀躍，歐陽子奇則像個小大人，冷靜回應。

「如果其他小朋友的父母圍著你，覺得你很可愛，想要拉你的臉頰、抱抱你，你確定你應付得了嗎？班上有三十幾位小朋友，會有幾個家長？那可是非常龐大的人數喔！」歐陽奉的口吻像極了推銷物品的商人，但卻不是要賣商品，而是說服兒子答應讓他參加他的開學典禮。

歐陽子奇沉默了，爸爸說的有道理，但是說什麼他都不想讓爸爸跟著一起去，那只會讓場面變得更混亂。

「讓管家跟著就好了。」

「讓爸爸陪你……」

「爸，早上公司不是要開會？快去吧！別打混了。」歐陽子奇斷然拒絕，不給歐陽奉討價還價的空間，二話不說便背著書包下車了。

「老爺？」

「唉，你去吧，別讓其他人騷擾子奇。」無奈的表情全寫在歐陽奉臉上，同時心裡感嘆著，有個早熟又聰穎的孩子到底是好還是壞？

「是。」管家下了車，尾隨著歐陽子奇走進校門。

歐陽子奇的父親是個非常有名的大人物，很少人不知道他的長相，所以當管家牽著歐陽子奇的手走進校門時，大家都知道那不是歐陽奉本人，而且在管家刻意擺出嚴肅表情之下，沒有人敢貿然上前攀談。

「有錢人家果然不一樣，那身制服一看就是特別訂做的，同樣是三年級，小孩的氣質卻很好，跟我們家的小毛頭是天差地遠。」

「是啊，果然是不同世界的人呢！」

有些見了一眼就放棄的家長，開始和本來視為競爭對手的其他人聊起天來，但還是有許多不肯放棄的人，已經在盤算下一步該怎麼做了。

無視周圍騷動，歐陽子奇讓管家牽著手，不發一語。

「子奇少爺，其實你根本不用到學校上學的。」

歐陽子奇從小接受菁英教育，到歐陽家去教他的老師全都是博士學歷，在該領域占有一席之地的佼佼者，他學習的範圍也比同年齡的小孩大，雖然才八歲，學習進度卻已經跨到了高中階段，早已申請資優同等學歷的他，根本不需要到學校接受國小教育。

但在幾個月前，歐陽子奇卻突然提出想到一般國小就讀的要求。

緊抿著唇，歐陽子奇的心裡有著不為人知的渴望。他想上學，並不是為了追求知識，而是因為他無意間在爸爸的朋友家看到某個廣告，那是一群跟他差不多年紀的小孩子，開心在校園裡玩耍的畫面。衣食無缺的他，也不過是想要多體會一點平常人的生活，希望交上幾個可以一同玩耍的朋友。

但這原因他絕對不能讓爸爸知道，否則爸爸一定不會答應讓他到一般的小學上課的。

三年忠班教室內，除了坐滿的本班學生外，教室後頭及走廊上全擠滿了家長。一般來說，只有一年級新生的教室才會有這等陣仗，學生上了三年級，許多都是原學校的學生，家長通常把孩子送到新教室後，就會交棒給老師，該去上班的上班，回家忙事情的回家，開始各自行動。

現在會有這等光景出現，相當然爾，就是因為歐陽子奇。

不只家長，就連班導師說話的口氣也變了一個樣，臉上掛著和藹笑容，語氣也非常溫柔。

「各位小朋友，我們現在要安排座位，大家把書包背起來，東西都帶好，到走廊上去排隊，記得照身高排喔！最矮的排最前面，最高的排最後面。如果不確定自己的身高有沒有比別人高，可以背靠背站著，請其他同學幫你看一下。」

老師一說完，小朋友全興奮地嘰嘰喳喳跑出去排隊，整間教室亂烘烘的。

歐陽子奇也想跟著去排隊，不過他才剛站起身，就被老師叫住。

「子奇，你不用和大家出去排隊，在教室裡等就行了。」

「為什麼？」

「這……」當然是因為天氣熱，他怎麼敢讓歐陽家的少爺出去和小朋友擠來擠去，萬一熱到了或是弄傷了，他這教職不知道還能不能幹到退休啊？

不過現場家長多，老師也不好說的太明白，「你的座位已經安排好了，就是教室正中間那個位置，你先過去坐下吧。」

歐陽子奇雖然才八歲，卻非常清楚這就是所謂的「特權」，是因為他的身分，大人給他的特別待遇，他非常不高興，帥氣的小臉都垮了，望了一眼站在遠處角落的管家，他考慮著該不該讓管家去告訴老師「規矩」是什麼，他，歐陽子奇，才不需要什麼特權呢！

不過這才開學第一天，歐陽子奇也不想當著大家的面直接和老師槓上，於是只好決定先乖乖順著老師的意，待在教室裡等待。

幾分鐘後，所有的小朋友都被安排好了座位，有人開心有人難過，有人不死心想要找同學交換位置，但是老師宣布座位不能私自交換，粉碎了那些小朋友的希望。

「好啦，新座位分好了，小朋友們有沒有什麼問題啊？」其實老師也只是隨口問問，這種情況下通常全班都會異口同聲的回答「沒有」，然後分配座位的工作就這麼結束了。

豈料，坐在最後排的一個小朋友，竟然舉手大聲的說：「老師，我有問題！」

老師的嘴角隱隱抽搐了下，硬著頭皮說，「穆丞海，你有什麼問題？」

「老師，座位的安排有問題！你看，王小明都被他前面的同學擋住了，這樣看不到黑板啦！」

王小明是他在育幼院的好朋友，院長交代過，來學校就是要用功念書，王小明連黑板都看不到，是要怎麼用功？成績退步的話，回去肯定會被院長罵慘，而且院長還很有可能連他一起罵，他當然要幫王小明跟老師反應一下。

王小明的個頭中等，被安排坐在那個位置其實也沒有錯，有問題的是坐在他前面的同學，高於一般同年齡學生的身高，卻坐在教室正中間的位置，不只王小明被擋到，他們那一排的後半段全都被擋著了。

但明明就是一個很不合理的座位安排，那一排的同學卻都沒有人舉手跟老師反應，就連他們正在現場的爸爸媽媽也沒有向老師抗議。

老師還在為難，倒是歐陽子奇自動自發地站起，對著他後頭的王小明以及同一排的其他人說：「你們全部往前一個位置吧。」

說完，就往最後一個座位走去，等著原本坐在那裡的同學收拾好往前移動，自己好坐進去那個位置。

同學們不敢說話也不敢有動作，全張著大眼無助地看著老師。

「你們……好……好吧，就這樣換吧。」

唉，希望歐陽子奇的家長不會對孩子坐哪裡太介意，更千萬不要誤會他讓歐陽子奇坐最後一排，是故意冷落他，將他發配邊疆。

「同學你好，我叫穆丞海，很高興可以坐你旁邊。」

教室後頭，穆丞海無視煩惱到整個頭快炸掉的老師，自動找歐陽子奇攀談起來。

穆丞海心想，這位同學也太酷了，就這樣帥氣的做出決定，下好指令，跟打擊壞人的艦隊總司令一樣，連老師都聽他的話耶！

不過自我介紹丟出去半天，很酷的同學卻沒理他，埋首忙著整理自己的物品。

「同學，院長說過，當別人告訴你名字以後，你也要把名字告訴人家，這樣才有禮貌喔！」

停下手部動作，歐陽子奇轉頭看向滔滔不絕的穆丞海，將他上下打量一番，然後馬上歸類為怪人一個，「你好，我叫歐陽子奇。」主動伸出手，將教養與禮貌表現得相當合宜。

穆丞海充滿力道的手搭了上去，臉部表情卻突然由興奮轉成疑惑。

「歐……陽……子……奇……」他扳著手指算著，「為什麼你的名字有四個字？」

「啊，我知道了，你是日本人！」

歐陽子奇愣了下，轉頭繼續整理東西，不想搭理他。

隔天上課，沒有家長在教室看著，老師的態度驟變，嚴肅地說了好幾條的班規，更警告班上幾個頑皮搗蛋的同學不要闖禍，以免害班上的秩序競賽被扣分，對於歐陽子奇，老師更是不避嫌地直接講明，要同學們不可以欺負他、得罪他。

小朋友雖然對於階級地位的差別還似懂非懂，但心中都留下印象，知道歐陽子奇跟大家是不一樣的。

結果，為了不挨罵，每到下課時間，三年忠班的小朋友不管是玩耍或是聊天、嘻笑打鬧，都和歐陽子奇保持著一段距離，看起來像是聽話不去打擾他，卻讓歐陽子奇有點被大家孤立的味道。

女生在他的面前總保持著淑女形象，男生更不敢找他一起玩，尤其是那種跑來跑去，一不小心就可能跌倒的遊戲，就怕不小心把歐陽子奇那昂貴的制服給弄髒了。

靜靜坐在位置上，看著窗外操場的同學們，歐陽子奇開始覺得上學其實很無聊了。

放學回到家中，歐陽子奇自動自發換下制服，進浴室盥洗完畢，花了十分鐘把今天學校的回家作業完成。

歐陽奉事業忙碌，晚餐常是歐陽子奇自己一個人吃，雖說菜餚美味精緻，但對他來說，獨自坐在偌大餐桌上用餐的孤獨感，讓食物的功用就只剩攝取營養而已。他不怪父親，自從母親在他年幼時病逝後，他明白父親已經盡力在工作之餘設法同時扮演好母親的角色。

歐陽子奇是獨子，父親從不吝惜花費資源栽培他，只要是歐陽子奇願意學習的東西，歐陽奉就會找到最好的老師來教他。或許是想逃避寂寞的感覺，歐陽子奇總是設法把空閒的時間填滿，從基本的學校學科到運動、才藝，甚至超出他年齡可以理解的領導統馭，歐陽子奇無一不學，而這中間，真正讓他打從心裡感興趣的，則是音樂相關的項目。

歐陽家的宅邸裡，有一間歐陽子奇的專屬琴房，裡頭有架純白色的鋼琴，歐陽子奇雖然才八歲，卻已經學了三年多的琴，美妙的琴音常會從琴房裡傳出，迴盪在歐陽家中，讓正在做事的傭人們聽得心曠神怡。

比同年齡的小孩修長的手指在黑白琴鍵之間不停移動，熟稔而游刃有餘，但站在他身後的老師臉色卻很凝重。

歐陽子奇是個很優秀的孩子，天資聰穎，學習也格外認真，教給他的東西，不只能百分之百吸收，更能練習到毫不出錯的狀態，但是，就是因為他年紀小就能有此表現，老師反而擔心，子奇把自己逼得太緊了！

「老師，怎麼了嗎？」

一曲彈畢，歐陽子奇轉身，正好看見老師凝重的表情。

「子奇，老師問你，彈琴的時候，你覺得快樂嗎？」

「老師，我是不是沒有彈好？」發問的同時，小小的腦袋裡已經在思考，要多利用哪個時段來增加練琴的時間了。

「你彈的很『完整』。」似是稱讚，但老師話鋒一轉，「不過，有時候我真希望你可以彈錯呢。」

「日本同學！」

校園角落的空地，穆丞海和幾個同學正在玩球，見歐陽子奇從旁邊經過，穆丞海馬上大聲叫住他。

強調好幾次他不是日本人了，這個同學還是要這樣叫他，好難溝通。

「什麼事？」

歐陽子奇皺著眉頭停下腳步，在原地等著朝他跑過來的穆丞海到達他面前。

豈料，穆丞海卻突然把手上的球狠狠丟向他，歐陽子奇雖來得及舉起右手把球擋開，但球砸在他手肘上的力道還是一陣痛麻。

他覺得被挑釁，生起氣來了，衝向穆丞海，將他撲倒在地，掄拳就朝他的臉上打去。

穆丞海只是想開個玩笑，沒想到對方竟然衝上來揍他，他自覺莫名其妙挨了打，也立刻還手，和歐陽子奇扭打在一塊，制服弄皺，鈕釦脫落，兩個人渾身都被泥土弄得髒兮兮的。

原本和穆丞海玩球的同學看到他們打架都嚇壞了。歐陽子奇耶，是老師和父母都交代絕對不能捉弄的歐陽子奇！要是被誤會自己也有參與打架就慘了。

小朋友一哄而散，只留下穆丞海和歐陽子奇在原地打紅了眼。

「那邊的在幹什麼！哪一班的？」

其他班的小朋友遠遠圍觀，聚集的人潮引起路過的訓導主任注意，見有人打架，馬上跑過來要逮人。

「訓導主任來了，快跑！」

穆丞海撿起在扭打過程中飛到一旁的運動鞋，往前跑了兩步，見歐陽子奇還待在原地不動，又折了回去，直接拉起他的手，「快跑啦！被訓導主任抓到就完蛋了。」

穆丞海的蠻力讓歐陽子奇不得不跟他一起跑。兩人在校園裡迂迴地繞了一段路，確定擺脫訓導主任後，穆丞海拉著歐陽子奇走進福利社，從冰箱裡拿了兩瓶鮮奶，付完錢，將其中一瓶遞給歐陽子奇，「請你。」

嘴上雖然說的很豪邁，但其實穆丞海心裡正在淌血，這一個星期的零用錢都花完了，好心痛！

算了，反正不要吃零食就好，他就是想請日本同學嘛！

穆丞海三兩下的功夫就釋懷了，打開包裝享用起冰涼的牛奶，「運動」過後來瓶牛奶，果然暢快！

歐陽子奇沒有喝，看著穆丞海像灌水一樣把鮮奶喝光，疑惑問道：「你很喜歡喝鮮奶？」

「我想要長很高很高，這樣才能保護院長跟其他育幼院的小朋友。」

穆丞海和歐陽子奇的身高都比同年齡的小孩高出一截，甚至說他們是高年級的學生可能也會有人相信，歐陽子奇從不覺得自己需要多喝鮮奶來長高，怎麼穆丞海會覺得自己還不夠高？

「日本同學，你怎麼不喝？」穆丞海盯著歐陽子奇手上的鮮奶，口水都快流出來了。

「給你喝吧。」

歐陽子奇把鮮奶遞到穆丞海面前，對方卻沒有收下，「你還在生我的氣，所以才不喝嗎？我只是看你一個人好像很無聊，想跟你玩，沒想到你竟然打我……」

原來他是想跟他玩嗎？歐陽子奇一愣。

從開學到現在，還是第一次有同學說要跟他玩，歐陽子奇不禁泛起一股小小的喜悅。但看到穆丞海沮喪著臉，因為他的行為而起伏著情緒的樣子好有趣，於是將愉快的心情藏起來，反而抬起瘀青的手肘。

「我的手受傷了。」

「對不起！」穆丞海立刻道歉，表情更加不知所措了。

「可能好幾天都不能拿重物……」

「那我幫你拿！但是，好幾天……是幾天啊？」

「我也不知道，先一個月，之後再看看吧。」

蛤？要這麼久！穆丞海哭喪著臉。

「我連鮮奶都拿不動了。」歐陽子奇甩甩手。

「我來拿！」

穆丞海小心翼翼地把鮮奶捧在手上，此時上課鐘響，歐陽子奇轉身要回教室，背對穆丞海之後，才忍不住露出憋了已久的笑容。

「喂，你要是覺得拿著不方便，就把鮮奶裝進肚子裡吧！」

這是歐陽子奇自從開始上學以來，最狼狽的一次。

導師拿著音樂課本走進教室，看到歐陽子奇的樣子，簡直嚇壞了！渾身泥土不說，臉上還掛彩，於是不斷追問歐陽子奇是誰欺負他。

歐陽子奇自己沒說，倒是其他同學很快就把穆丞海供出來，還將經過加油添醋一番。

「穆丞海，你拿著課本去後面罰站！」老師聽完後氣得破口大罵。

穆丞海乖乖照做，沒想到歐陽子奇也自動自發拿起課本跟著走到教室後面去。

「子奇，你不用罰站，你是被欺負的人，不是你的錯！」老師慌得差點打翻自己的水杯。

「是我先動手的，我也要接受處罰。」

歐陽子奇非常堅持，老師怎麼說都改變不了他的決定，最後只好妥協。

「好、好吧，那我們先來做發音練習。」

老師打開琴蓋，在鋼琴鍵上開始彈奏，讓全班跟著音階唱和。

穆丞海雖然被罰站，不過絲毫沒有影響到他上課的心情，站在教室最後頭，唱的聲音卻可以傳到最前排。

歐陽子奇聽了頻頻皺眉，那根本不是在唱歌，而是在亂吼亂叫，有夠難聽。

「你有沒有在聽老師的琴音？」

穆丞海繼續唱自己的，也可能是唱得太過大聲，根本沒聽見歐陽子奇的問題，而受到穆丞海的影響，全班的音量也跟著越來越大起來。

「你為什麼都不唱？」接連唱了兩、三首歌後，穆丞海才意識到跟他一起罰站的歐陽子奇都沒有發出聲音，「你是不是唱歌不好聽，不敢唱？」

「哼。」他是不想唱，不是不敢唱，全班吼成這樣，根本不叫唱歌，那是在比大聲而已。

「院長說，唱歌就是要大聲唱出來，好不好聽不重要，重要的是開心去唱，就像玩遊戲一樣，唱得越大聲會越好玩喔，你試試看。」

歐陽子奇依舊緊抿著嘴唇。

「試試看嘛～」

那一天，歐陽子奇唱了他生平最破、最大聲，但也是最輕鬆愉快的一次歌，不只對音樂有了新的體悟，也交到一個這輩子最好的朋友。

——番外〈MAX：最初〉完

高寶書版集團
gobooks.com.tw

輕世代 FW249

探問禁止！主唱大人祕密兼差中01

作　　者　尉遲小律
繪　　者　ひのた
編　　輯　林思妤
校　　對　林紓平
美術編輯　彭裕芳
排　　版　彭立瑋
企　　劃　姚懿庭

發 行 人　朱凱蕾
出　　版　英屬維京群島商高寶國際有限公司臺灣分公司
　　　　　Global Group Holdings, Ltd.
地　　址　臺北市內湖區洲子街88號3樓
網　　址　www.gobooks.com.tw
電　　話　(02) 27992788
電　　郵　readers@gobooks.com.tw（讀者服務部）
　　　　　pr@gobooks.com.tw（公關諮詢部）
傳　　真　出版部　(02) 27990909　行銷部 (02) 27993088
郵政劃撥　19394552
戶　　名　英屬維京群島商高寶國際有限公司臺灣分公司
發　　行　希代多媒體書版股份有限公司/Printed in Taiwan
初版日期　2017年9月

國家圖書館出版品預行編目(CIP)資料

探問禁止！主唱大人祕密兼差中/尉遲小律著
著.-- 初版. -- 臺北市：高寶國際, 2017.09-
　冊；　公分. --

ISBN 978-986-361-436-4(第1冊：平裝)

857.7　　　　　　　　106011697

三日月書版

三日月書版

GOBOOKS
& SITAK
GROUP ©

GOBOOKS
& SITAK
GROUP©